감꼭지 사랑

감꼭지 사랑

전경옥 제2시집

정은출판

시인의 말

옷깃을 여미게 하는 가을이 성큼 다가왔습니다. 두메산골 충남 홍성에서 태어나 자연 속에서 자란 나는 감성이 풍부한 편이었습니다. 공인중개사 일을 하면서 구 남매의 외며느리로, 세 딸을 키워내며 살아온 삶이 녹록지 않았습니다. 세 딸 모두가 교직에 재직하면서, 두 딸이 결혼하여 외손주들이 셋이 되었습니다.

환갑이 지나 이제 내 삶을 살아보고 싶다는 마음이 들면서 우연한 기회에 시를 배우게 되었고, 5년 전에 제1시집 『꽃비 내리는 날』, 수필집 『느림길 위에서』를 상재하게 되었습니다. 막내딸이 낳은 사랑스런 외손자가 집에 놀러 왔을 때 업고 산책을 하면서, 감나무에 감꼭지가 매달려 있는 것을 보고 시 한 편을 쓴 것이 시집 제목이 되었어요.

어린 시절부터 하나님을 사랑하고 이웃을 사랑하는 마음으로 십자가의 도를 이루기 위한 삶을 살아오며, 신앙생활을 하였습니다. 성가대에서 오랫동안 찬양을 하면서요.

자신의 살아온 삶을 표현할 수 있는 가장 좋은방법

이 시와 수필이라고 생각되었지요 나는 노년의 좀 더 아름다운 삶을 살아가기 위해 끊임없이 감동 있는 시와 수필을 쓰며 살아가려 합니다. 고희기념으로 가장 의미 있는 일은 시집을 내는 것이라 생각하고 차근차근 준비하여 제2시집 『감꼭지 사랑』을 내게 되었습니다. 시집이 나오기까지 함께 공부해온 문우님들과 시를 쓸 수 있도록 성심성의껏 가르쳐주신 (고)이재헌 교수님, 김영식 선생님, 최연숙 선생님께 감사드립니다. 평설을 써 주신 김종 교수님, 심혈을 기울여 출판해주신 노용제 사장님과 도움을 주신 카타리나님 감사드립니다.

칠순(고희)을 맞아 물심양면으로 도와준 사랑하는 남편, 가족들 모두에게 감사한 마음을 전합니다.

2021년 가을날

작약 전경옥

차례

2부　아가야 미안해

3부 감꼭지 사랑

제4부　작은 풀꽃의 행복

5부 밥물이 잦아들 때

제6부 쓸쓸한 봄날의 이웃들

7부 노아의 방주

七
甲
山
561m

1부

고추잠자리의 유희

혼자 산길을 걷던 여인

그 잠자리에 다가가

한참 들여다보며 추억에 젖는다

가을의 끝자락에서

성벽 창연한 남산 둘레길
울긋불긋 차려입고
계절을 뽐내는 고운 눈빛들

눈길 닿는 곳마다
옷깃 곱게 매무시한
고로쇠, 신갈나무, 단풍나무들
내딛는 발자국마다
금빛 나래 반짝이는 은행잎들

그 푸르던 젊음이 어느새
아련한 그리움 물들어
붉은 깃털을 훌훌 털어내고 있다

가을은 소리 없이 다가와
슬며시 어디로 가는 것인지
말없이 떨어지는 고매한 눈물

가을의 추회追懷

외손주 안고 별내마을 뚝방길 걷는다
포대기 품 안에 잠긴 따스한 체온
어린 시절 엄마 등에 업혔던
아득한 날들이 바람결에 밀려온다

파란 가을하늘 하얀 새털구름
뒷동산에서 갓 주운 알밤
아빠가 깎아주시던 달착지근한 그 맛

새로 이엉 올린 노란 초가지붕 너머
감나무 가지에 매달린 빨간 홍시
저녁연기 풀풀 날리던 마을 저녁 길

들판에 고개 숙인 누런 벼 이삭
서걱거리는 갈대의 속삭임
한가로이 날던 고추잠자리 떼
논가에 툭툭 자유로이 뛰놀던 메뚜기들

모두가 세월의 뒤안길에
추억의 그림자 되어 눈가를 오간다

가을 숲길을 걸으며

청계산 배랭이골
숲속 사이 흐르는 높새바람
숭숭 구멍 뚫린 낙엽들이
지나는 바람을 붙잡아 뒹굴린다

단단한 주먹 들켜 쥔
바위 틈 사이 흐르는 물소리
나지막이 수런거리는 한적한 산길

힘들고 지친 하루가
새파란 하늘을 이고
청솔가지에 마음을 얹어
먼데서 다가오는
햇살을 붙들고 걸어가는 발걸음

오늘이라는 하루도
주님이 내려 주신 선물이라 여기며

허심하게 발길을 옮긴다
지금이 내 생에 가장 빛나는 날이 아닐까

고추잠자리 유희

초가을 마른 햇살
포근히 잠든 산 속
초록빛 잔디 위로
가을 운동회 하듯
윤무輪舞를 펼치는 고추잠자리들

서로 꼬리를 물고
이리저리 떼 지어 난다
갈바람에 제 세상 만난 듯
암수들의 꼬리 물고
술래잡기하느라 정신이 없다

어떤 놈은 도망가다가
덥석 날아든
새의 먹잇감이 되기도 한다
짝을 잃은 외톨이
꽃대에 쓸쓸히 내려 앉는다

혼자 산길을 걷던 여인
그 잠자리에 다가가
한참 들여다보며 추억에 젖는다

낙엽들의 반란

가을 산을 넘나들던 붉은 바람
찢어진 낙엽들 거느리고
도회都會의 거리로 나섰다

한여름 푸름과 열기로 키운
힘살들이 편 갈라
시련의 벌판에서 잡아당긴다

광화문 거리에
서초동 거리에
뒤엉킨 세월의 깃발과
얼룩진 생각의 불빛들
바람에 휩쓸린 낙엽들이 수북하다

이제는
찢어진 아픔 다 씻어내고
매서운 삭풍을
거뜬히 넘어서야 하는데

가을 산이
칙칙하게 물들어 시름이 깊다

풀벌레 소리 가득한데

느닷없이 닥쳐온 태풍으로
물바가지 쏟아 붓던 하늘이
오늘은 언제 그랬냐는 듯
새파란 눈빛 벙긋이 뜨고 웃는다

거리는 지나간 태풍 후유증으로
뽑힌 나뭇등걸이 신음하고
뒤숭숭하게 널브러진 거리의 잎새들
곳곳이 물난리 여파로
얼굴에 수심가득, 막막한 발걸음들

계절은 처서를 지나
갈바람과 풀벌레 소리 가득한데…

국화차 우려 놓고

국화차 우려 놓고 앉은 창가에
찌르레기 우는 소리
고향집 마당에 피고 지던
연분홍 상사화
문득 아득한 옛날이 그립다

높푸른 하늘 풀솜 같은 새털구름
뽀얀 먼지 날리던 행길가
지금쯤 분꽃, 코스모스도 피어 있겠지

벌 나비 꽃밭에 몰려들면
꽃고무신 벗어 낚아채어
꿀을 빼어 먹던 어린 시절

울퉁불퉁한 시골길
덜커덕 덜커덕 달구지 몰고 가던
영진네 아저씨, 아줌마
그 모습 가슴에 아련히 젖는다

크레이지 패션쇼

낙엽이 쌓인 산자락 아래
고즈넉이 자리 잡은
예술인 마을 별장

뒤란 구석에
잎새를 다 떨군
향기 풀풀 날리는 모과나무
한 생을 살아내느라
애쓴 흔적이 나뒹굴다
크레이지 패션쇼로
각자의 끼를 발산하며
밤새껏 흥겨움을 토해냈다

친구들의 섹시한 포즈는
춘희의 매혹적인
예술혼을 활짝 펼쳤다

가을 찬란한 낙엽이
친구들의 얼굴에도
한 장 한 장 나부꼈다

원격 수업

뒤늦은 봄 학기 개학 날
학교 화단에
시무룩이 피어있는 꽃들
떠들썩하던
교정이 썰렁하게 텅 비어있다

세상을 두려움에 떨게 하는
코로나19 바이러스
그놈이 등굣길 가로막아
집에서 영상으로 개학식을 한다
새로 만나게 될
반 친구들 얼굴이 보고 싶다

선생님 얼굴도 보지 못하고
각자 집에서
온라인 영상으로 공부를 한다

보고픈 친구들

언제 학교에서 만날 수 있을까
담임 선생님과
한 반 친구들
새 얼굴 보게 될 날을 기다린다

가을이 지는 소리

한 세월을 꿈꿔 온
푸른 잎들이
가을빛 늘어선
은행나무 가로수 길

입동이 지나더니
노란 날갯짓
범나비처럼 비행을 한다

행자杏子목 곁을 서성거리던
노랑나비들
푸른 숲에 숨었다가
갈빛 찾아 날아든 것일까

발끝에 수북이 파닥이는
노랑나비 떼
행인들 손에 담아
다소곳이 지나온 사연을 듣는다

2부

아가야 미안해

빨랫줄에서 너풀거리던 옷감들이
그녀의 곱상한 손끝에서
오묘한 빛으로 말쑥한 옷 한 벌이 나온다

아가야 미안해

장흥읍 토요장터 반물 체험실
고풍스런 차림의 여인이
천연염색한 천으로 재봉질을 한다

빨랫줄에서 너풀거리던 옷감들이
그녀의 곱상한 손끝에서
오묘한 빛으로 말쑥한 옷 한 벌이 나온다

손님과 흥정이 끝났는데도
주인은 옷을 건네기가 아쉬운 듯
한참을 만지작거리다 눈빛으로 건넨다

주인의 입에서 흘러나오는 말
아가야 미안해!
나지막한 목소리와 눈빛으로
작품을 쓰다듬으며
마치 외동딸 시집보내듯
아쉬운 미련이 옷깃에 배어있다

설악산 천당폭포

천불동 계곡 벼랑 끝 폭포
쏟아지는 하얀 포말
천상에서 내려다보는
시리디 시린 웅덩이로 낙하하는
우레와 같은 물줄기 소리

해발 700여 미터나 되는
난간에 서서 주위를 둘러본다
희운각 대피소가 지척이다
험한 곳으로 건너가는
나무 계단이 아슬하다

귀면 암과 양폭폭포 사이
깎아지른 소름끼치는
다섯 개의 물줄기
경이롭게 떨어지는
천불동의 마지막 폭포이다

태곳적부터 쉼 없이
흘러내렸을 그 유장함이
속세의 찌든 가슴 후련히 씻어준다

황산에 오르며

그 옛날 황산 이름은 휘주부였다
서해에 펼쳐진 대 협곡 아뜩한 비경에
신선이 가다 말고 덥석 주저 앉았나

가파른 벼랑에 신선이 오르라고 돌을 깎아 놓았는가
헉헉거리며 한 발자국씩 짚어 가며 걸었다
한참을 올랐으니 내려가야 할 것인데
험난한 낭떠러지 아찔한 순간마다

원숭이 재롱에 취해
넋 나간 인부들은 갈 줄을 모르는구나
난간 돌 틈마다 한 폭의 절경을 펼쳐 놓았으니
돌판에 새겨 놓은 원숭이들은 나를 반기지만

봉우리 허리에 걸쳐 있는 운해는
천하제일 비경이 아니던가
잠결에도 잊지 못할
숨결처럼 다가온다

두 번째로 높다는 광명정 1860미터
그 찬란함에 삶의 고단함을 위로 받는다

기송 괴석 운해 한껏 어울린다
짐을 나르는 사람들 양 어깨에는
육중한 무게를 버티지 못하고
양다리가 풀려 주저앉으면
천 길 낭떠러지 무서워 어쩌나
피할 수 없는 운명이라면

멋모르고 황산 와서 멈추었으니
더는 걸을 수 없어 가마타고
얼굴 빨개진 여인들

누군들 힘겹게 살아오지 않은 사람들 없건만
가마꾼의 고단한 삶에 비할 수 있겠는가
서해 대협곡 황산의 절경 바라보면
한 없이 작아지는 나를 본다

아름다운 섬 우도

통영에서 우도 행 여객선에 오르다
2층 갑판에 올라 수평선을 바라본다
머리카락 날리며 시원한 바람
코발트색의 푸른 바다
반짝이며 빛나는 은빛 물결이 바짝 따라온다

간간이 보이는 무인도
야생화 풀벌레가 외로운 섬을 달래려나

우도 작은 섬에 발을 디뎠다
새로 난 도로에 예쁜 꽃들
새미 뜰 주인의 섬 특유의 진수성찬으로
허기진 배를 채웠다

밤새 이야기꽃으로 밤을 밝혔다
새벽 둘레길을 걸으며
토종 무화과 열매를 따먹고 새까매진 입술
새미 뜰 주인이 따준 열매는 정이 담뿍 담겨 있다

수평선 너머 바라보이는 작은 섬들이
햇빛에 비쳐 더욱 아름답다

민둥산에 덮혀 있는 칡넝쿨
질겅질겅 씹으며 추억을 씹어 보았다

연육교 놓아 육지사람 몰려오면
우도가 몸살을 앓지 않을까

송어 한 접시

길 따라 굽이굽이 찾아든
운두령 외따른 송어 횟집※

그윽한 황솔 솔향기에
한여름 훅훅 찌는 서기暑氣 날아올라
향긋이 번지는 풀꽃 내음
방마다 가득 찾아든 식객들
콩고물로 범벅한 야채에
푸짐한 송어회 곁들여 쩝쩝 맛보며
식당 안이 잔칫집 마냥 왁자지껄하다

동행한 친구 시머머니 친정이
이곳이라는 추억담 나누고 있는데
막내아들이 강화도에서
시어머니를 모시고 예까지 달려왔다

효성스런 송어회 한 접시
나누며 오가는 뜨거운 눈시울

옛 추억이 뚝뚝 떨어지는 여름날이다

※강원도 운두령에 있는 횟집

블레드 성※

알프스 만년설이 흘러내려 조성된
에메랄드 빛 호수 위를
'플레트나'※로 건너 간
천년을 품고 앉은 블레드 성城

아흔 아홉 계단을 올라
천상에 닿을 듯 우뚝 솟은
성모 마리아 승천 성당 앞에 섰다
'클락세나'의 애절한 사연이 깃든
'행복의 종'의 줄을 잡아당긴다
간절한 사랑의 종소리가 가슴을 저민다

덧없이 흘러간 시간들
이국의 푸른 하늘에서
부서진 마음을 햇살에 기대어 모아본다

※슬로베니아에 있는 호수 안에 있는 작은 섬으로
유서 깊은 성당이 있는 성지聖地

※슬로베니아 전통 나룻배로 카누 모형의 소형 배

갯바람 안은 '상사원'※

방조제로 이어진 섬, 죽도
여기가 섬인가 육지인가
회랑回廊으로 이어진 둘레길
드문드문 갯바위
파도를 끌어안고 포말을 게워낸다

숲으로 이어진 정원
사돈내외와 걷는 해변 길엔
해송 향기와 철썩이는 파도소리

갯바람 안은 '상사원' 찾아
회랑 길을 걷노라니
붉은 해당화 한 송이 뚝 떨어진다

자연과 전통이 어우러진
대청마루에 누워

먼 하늘 무심히 바라보니
선인들의 풍류가 가슴에 흠뻑 고인다

※ 상사원: 충남 보령시 죽도에 있는 정원

낙안읍성 돌아보며

오봉산 자락 아래
성곽으로 둘러싸인 민속마을
100여 가호 초가집들
옹기종기 정답게 모여 산다

동문에 다다르니
우뚝 솟은 낙풍루
성안의 구불구불한 돌담길
사부작사부작 돌아보니
사립문집 우물과 빨래터
방망이 소리 까마득히 들려오고

한걸음 잰걸음 접어든 골목길
방물 파는 점방
탁주 냄새 주막이 추억을 부른다

이 골목 저 골목 기웃대며
맷돌을 돌려보고

절구도 찧어보고
지게도 지어보며
연자방아 누런 소등마저 만져본다

조상들의 삶의 애환 떠올리며
애틋한 눈빛으로
먼 하늘 바라보니 고향이 달려온다

전설의 농다리

진천 구곡리 세금천에
돌을 엮어 만든 구릿빛 돌다리

시루떡처럼 28개 교각을 만들고
그 위로 건널목을 올려놓아
거친 물살에도 꿈쩍하지 않고
묵묵히 버텨온 천년의 세월

다리를 건너는 사람들 발바닥에
전설이 눌어붙어
임연 장군을 떠올리기도 하고
남매※의 사연을 들먹이기도 한다

'돌다리도 두들겨 보고 건너라'는 말
한 발 한 발 옮기며
옛 조상의 슬기를 가슴에 그려본다

※ 남매의 사연: 아들과 딸의 목숨 건 겨루기가 있었다. 아들은 두꺼운 나무게다를 신고 코뚜레 꿰지 않은 송아지를 끌고 서울을 다녀오는 것이고, 딸은 농다리를 놓는 시합인데 어머니가 아들을 살리기 위하여 딸에게 뜨거운 팥죽을 끓여주어 아들이 먼저 도착하게 하자 화가 난 딸이 돌로 쳐 죽었다 한다.

광한루원

남원 '요천로' 길을 걷다 들어선
광한루원廣寒樓苑

옥황상제가 산다는 하늘 궁전을
그대로 옮겨놓은 광한루
붉은 기둥과 오색단청이
춘향과 몽룡의 사랑처럼 화사하다

견우와 직녀가 얼싸안고
눈물로 걸었을 오작교
달나라 환상을 그대로 재현한
연못 위 누각
한가위 보름달 같은 완월정

광한루에 올라 건너편 바라보니
월매의 집 울안에는
춘향과 몽룡이 연정을 나눈
부용당이 말없이 앉아 있을 뿐

이제는 사랑도 이별도 재회의 눈물도
모두 식어버린 전설만이
한 폭의 영정으로 춘향당에 남아 있다

첫돌

3부

감꼭지 사랑

앙증스레 맺힌 앳된 풋감
가까이 다가서니
백일 지난 초롱초롱한
외손자 눈망울이 반짝인다

사랑의 둥지

새벽 창문을 두드리는
새들의 지저귐 소리
감나무 가지 위에
이름 모를 새들의 둥지

쉴 틈 없이 먹이를 잡아 나르느라
할딱이는 어미 새
주둥이 쭈볏이 내밀고
재재거리는 어린 새끼들

유리창에 어리는 얼굴
학교 교문 앞에서
따스한 도시락 건네주며
내 언 손
꼭 잡아주시던 어머니 눈길
이젠, 텅 비인 고향 집 하늘

부부 목

혈육이 뒤엉켜 한 무리를 이루는 소나무 숲
나의 몸에 유익한 피톤치드를 품어내고
기관지가 약한 나를 한껏 안아 주는구나

잎이 무성해지면 햇빛을 가리어
옆에 기대선 소나무들 빛 가릴세라
제 스스로 몸을 털어내는구나

험악한 한세상 살아가는 동안
마음을 다 내려놓고 살았더라면
서로 그어대지 않았을 것을

날이 궂어 추적추적 빗물이
흥건히 적셔지면
솔방울들은 제 몸을 바짝 오므리고
그러다가
반짝 햇빛 들면 힘껏 제 핏줄을 흩뿌려댄다

아기 소나무 여기저기 바라보고 있구나
해가 바뀌어도
나뭇잎들은 동구르르 바닥을 구르며
한껏 풀어헤친 나목이 되어가듯

홀인원 빛나던 날

경북 영덕 오션비치 7번 홀
7번 아이언 샷으로
하늘 높이 힘껏 날린 남편의 공
뜻밖의 홀인원이다
골프인생 삼십 년
처음 맛보는 짜릿한 전율

150미터 파 3홀에서 단 한번에
빨려 들어간 기적이
가슴속에 쓰나미처럼 솟구친다
함께 라운딩한 친구들
굵은 함성과 환희가 터져 나온다

흥분이 채 가시지 않은
남편의 상기된 얼굴
이름 석자 새긴 홀인원 공
캘리 그래피 문체 기념타올

받아 든 나의 동반자
불끈 쥔 주먹이 번쩍 빛난다

사랑스러운 옥동자

딸이 병원에서 옥동자를 낳아서
퇴원하던 날
코로나 바이러스가 워낙 심하여
병원 주차장에서
잠깐 대면하고 아쉽게 헤어졌다

딸이 산후 조리원에 있는 동안에도
가족들 출입조차 안 되어
어미가 영상을 찍어 보내주는
모습만 스마트 폰으로 보았었지

조리원에서 퇴원한 후에도
친정엄마로서
제대로 몸조리 도와주질 못하고
도우미 아줌마에게 맡기게 되었지

딸이 외손자를 바라보며 말한다
누굴 닮아 이렇게 잘 생겼어

아이구 우리 예쁜 아가야
사랑스러운 모습이 눈에 선하다

아빠와 물놀이하며 신이 나는지
초롱초롱한 눈망울에
음악에 맞춰 발을 쭉쭉 뻗기도 하고
목을 가누려 애쓰다가
딸꾹질도 하며 방긋방긋 미소를 짓는다

모처럼 품에 안고 외출하는 날
포근히 토닥여주며
쑥쑥 자라 아빠 엄마 같은
건강한 어른이 되라고 마음을 모아본다

코로나 바이러스 핑계로
집이 좀 멀리 있다는 이유로
자주 찾아가지 못해서
사위와 딸이 서운해 했을지도 모르겠다

사랑스러운 이현아!
훌륭하게 자라서 이 나라의 기둥이 돼 다오

물구나무서던 딸

키즈 카페처럼 차려진
남양주 별내동 막내딸 집
거실에 둘러쳐진 울타리
어미는 부엌에서 일하고
외손자 혼자 기어 다닌다

잦은걸음으로 달려가
덥석 안으니
방긋 웃는 눈웃음
온갖 시름이 멀찌감치 사라진다

막내딸 어린 시절
교회 안에서 물구나무서고
수선을 떨며 뛰놀자

목사님이
'체조선수 한번 시켜보라' 하던 위트
듣던 때가 엊그제 같은데…

이제 애기의 어엿한 엄마라니

“잘 키운 딸 하나 열 아들 안 부럽다”
그 말이 참말이라며
가슴속에 환한 꽃 한 송이 피어난다

감꼭지 사랑

봄날 조요로운 뜰 안에
하얗게 핀 감꽃
떨어진 꽃 실에 꿰어
목걸이 팔찌하고
숙녀인 양 뽐내며 걸었던 기억

꽃 진 자리에 어느새
앙증스레 맺힌 앳된 풋감
가까이 다가서니
백일 지난 초롱초롱한
외손자 눈망울이 반짝인다

내년 감꽃 필 무렵이면
품안에 외손자도
제 발로 꽃길을
아장아장 걸어가게 되겠지

야트막한 나뭇가지에
얹혀있는 토실한 사랑
고요한 푸르름으로
무럭무럭 자라기를 손 모아 본다

봄빛 나들이

갈현동 자연 생태공원
눈빛 고운 매화꽃 그늘에
할머니와 함께한 외손주들
싱그런 동심이 봄빛 따사롭다

파릇이 싹트는 연못가
못 안에 바글바글
자유로이 꼬리치는 올챙이 떼

비닐봉지에 담은 네 마리
제발 살려 달라 꼼틀거린다
할머니! 올챙이가 불쌍해!
외손녀가 살며시 건네는 말

연못에 있는 친구들에게
돌려주고 오겠다며
빠른 걸음으로

서둘러 가는 외손녀

따스한 눈빛이 등에 실린 봄날

외손녀 졸업식 날

초등생 외손녀 졸업하는 날
졸업식장을 찾아온
외할머니 바라보며
초롱초롱한 눈망울에 들뜬 얼굴빛

할머니 얼굴에도
흘러간 어린 시절이
강물처럼 가슴에 출렁거린다

아득히 멀어져 간
초등학교 졸업식 날
꽃집 하나 없던 산골 오지마을
늘 귀여워하던 당숙모
얇은 습자지를 곱게 물들여
정성으로 만든 종이꽃
사철나무에 매달아 장식한 꽃다발
가슴에 받아 안고
후배가 읽은 송사送辭에

온통 울음바다가 되었던 그 시절

세월의 언덕 몇 고개 넘어
찾아온 졸업식장
외손녀에게
필라 신발 선물하고
낯선 그리움이 추억처럼 서 있다

내리사랑 세뱃돈

출가한 딸들이 사위들과
외손주 거느리고 세배를 한다

세연아!
동백꽃처럼 곱디곱게
참되고 겸손하게
무럭무럭 잘 자라다오

윤범아!
대나무처럼 올곧고
푸르게 쑥쑥 잘 자라렴

이현아!
그래 벚꽃 필 때
예쁘고 늠름한 모습으로
이 세상에 나오렴

장미꽃 손수 그린 봉투로

세뱃돈 건네는
외할아버지 포근한 손길

나도 예쁜 봉투에
신권 몇 장씩 담아 건넨다

사랑이 포근한 설날의 눈빛

별내동 외손자

남양주 별내동에 사는
막내딸집 외손자 보러갔다

고사리 손 오동통 뽀얀 얼굴에
빨간 테 안경 씌워주고
아기 장구 통통 두드리며
눈 맞추고 예쁜짓 하며 놀아주었다

손주는 보행기 연신 들썩이며
까르르 신나는 얼굴에
노란 민들레꽃이 환하게 피어났다

늦은 밤이 되어
집으로 올 채비로 옷 갈아입고
마스크 쓰고 문밖 나서니
외할머니 바라보며 아쉬운 눈빛
고사리 손 내뻗으며 울음보 터뜨린다

내 어릴 적에도
막내 고모가 놀아주고 돌아갈 때
왠지 마음 휑하니 허전했었는데

차 몰고 돌아오는 길
백미러에 외손자 얼굴이 어릿거린다

제4부

작은 풀꽃의 행복

한 송이만 달랑 피어 있으면
얼마나 외로울까
사랑은 어우러질수록
더욱 커지는 아름다운 신비

호숫가에 앉아서

은구슬 풀어놓은 듯
바람결에 번뜩이는 하얀 물결

연둣빛 생명의 기운이
움트는 청계산 자락 호숫가

널따란 수면 위로
돛단배처럼 흐르는 물오리들
자욱한 봄기운 가득 품으며
한 폭의 수채화를 그려내고 있다

물가에 산새들 모여 앉아
파릇한 봄빛을 쪼아대며
새벽나절을 짜깁기 하고 있는데

졸고 있던 왜가리 한 마리
어깻죽지 활짝 펴 들고
뚝방 길 위를 너풀너풀 날아간다

봄빛 움트는 소리

묵은 삭정이를 밀어내고
푸른 물관 타고 올라온
파릇한 봄기운 감도는 나뭇가지

갓 태어난 아기인 양
눈뜨는 파릇한 봄 소리에
가만히 귀 기울여본다

햇잎이 나오기도 전에 미리
한기寒氣를 걷어내고
살포시 봄빛 내미는 노란 꽃눈

계절의 수레바퀴는
어느새 한 생生을 돌아
꽃망울 입에 머금고
고요한 눈빛으로 봄을 기다린다

향순네 매화 망울

사박사박
쥐똥나무 잎 스치며
봄 아가씨 어디 가는가

소리쟁이 꾀꼬리 파드득 나물
풀피리 오케스트라

직박구리 까치야
소란 피우지 마라
향순네
매화 망울 선잠 깰라

오월을 쪼고 있다

금빛 송홧가루 날리는
청계산 자락
푸른 아카시아 향이
코끝으로 짙게 배어든다

대공원 장미원 앞뜰에는
금잔화, 루피어스, 페라고늄
고운 맵시 뽐내고 앉아 있다

공원 둘레길 한바퀴
한적한 발걸음 이어지고
호수 위
돛단배처럼 떠 있는 물오리 떼

건너편 숲속에는
이름 모를 새들
해맑간 울음소리
청량한 오후를 쪼고 있다

'오월'이란 수레는
기다리지 않아도, 어느새
우리 곁으로
파란 미소 던지며 지나간다

하얀 미소

산책길에 메밀꽃 마냥
지천으로 피어난 하얀 미소

이른 봄이면
순하디 순한 연둣빛 햇잎들
손으로 뚝뚝 꺾어
한 소쿠리 담아들고 집에 왔지

팔팔 끓는 물에 살짝 데쳐
여러 양념 버무려
온 가족이 둘러앉아 즐겼던 기억

호수공원 뚝방길에
흐벅지게 피어나 웃고 있네
눈길 닿는 곳마다
소박한 향기 코끝에 스며온다

멀리 간 추억을 그리며

아침 햇살에 미소 짓는
하얀 그리움을 쓰다듬어 본다

생명의 소리

삭정이 같던 나무들
펌프에 물 퍼 올리듯

물줄기 올라오는 소리
막 태어난 아기인 양
움튼 눈에
귀를 갖다 대어본다

잎새 피기 전
한설에 다치려고
노란 눈꽃 피어낸
산수유

새싹 마냥
삶도 싱그럽다

작은 풀꽃의 행복

관악산 오르는 초입에
설녀의 전설이 어린
연보랏빛 비비추꽃들

겨우내 엄동설한
거뜬히 이겨내고
옹기종기 어울려 피어난
청초한 모습이 앙증스럽다

한 송이만 달랑 피어 있으면
얼마나 외로울까
사랑은 어우러질수록
더욱 커지는 아름다운 신비

평범한 이웃끼리도
서로 돕고 어울려
함께 살아가는 게 행복이더라

꽃망울 수줍은 봄길

봄빛 야릇이 물드는 청계호숫가
물가에 닿을 듯
포르스름한 버들가지 움트고
새색시 눈빛 진달래꽃
연분홍 미소에 젖어 있다
한 송이 입에 따다 물고
옛날의 그리움을 손짓해 본다

산모롱이 돌아서니
긴 소매 늘어뜨리고
바람결 너울거리는 개나리꽃
내 발등 건드리며
말간 웃음을 바닥에 깔아놓는다

분홍치마 노란 저고리
고향의 어린 시절이
개나리 진달래꽃

봄날의 고요한 외침
새봄이 발끝에 매달려 있다

자운영 꽃 필 때

고향마을 논두렁에
누렇게 몽글몽글 맺힌
독사풀 꽃씨
한 바가지 훑어
가마솥에 들들 볶아
허기 채우던 보릿고개 시절

천수답 논배미에
붉은 물결 너울지며
지천이던 자운영 꽃
손가락에 꽃반지 만들어 끼고
꽃목걸이 목에 걸고
한나절 뛰놀던 추억의 꽃밭

그 숱한 꽃들은 다 어디로 갔을까

아득한 세월의 물결
여린 눈시울에 잠기어 온다

그 봄날이 그립다

청계산 가는 호숫가에
맴도는 실바람에도
포르스름한 봄빛이 여물어
수양버들 가지마다 하늘거린다
뚝방길에 지천인 개나리꽃
가슴에 숨겨놓았던
그리움이 터져 나온 것일까
샛노란 물감을 풀어놓은 듯하다

삭정이 덤불에 수줍은 듯
고개 내민 진달래꽃
연분홍 옛추억이 눈에 가물거린다

옛 어린 시절
노랑 저고리 연분홍 치마로
어머니 손에 걸려
외갓집 가던 길이 그리운 봄날이다

5부

밥물이 잦아들 때

조금씩 덜어내며 마음을 추스른다
소중하게 여겼던 것들도
다 부질없는 무거움이 아니었던가?

정오의 태양빛

관악산 병풍바위 틈 사이
구름 한 점 없이 푸르게 시린 하늘
겹겹이 둘러싸인 기암괴석
길게 내뿜는 정오의 태양 빛

지난겨울 고이 견뎌낸
바위 틈새에서 용케 살아남아
살며시 목 내민 수줍은 진달래꽃

온 세상이 '코로나19' 공포에 휩싸여
봄빛마저 어설픈 봄날인데
계절의 눈빛은 어김없이 찾아온다

진달래꽃처럼 피어날 얼굴
환한 시간을 기다리는 간절함
가슴 깊이 두 손을 모은다
저 푸른 하늘 구원의 빛을 향해…

농촌 풍경

정오의 농막
달팽이 지렁이 굼벵이도
게으른 시간

새침한 감자꽃
고추 선비의 기품 있는 자세
줄 대에 매달린 음표의 합창
검게 그을린
농부들의 손놀림

새오란 비 달려오니
손 재게 콩 심고
고랑고랑 행복도 심어보네

수박화채 마시니
더위 사라지네

어설픈 농부
머위대 수박잎 남기고
땀 섞어 풀 뽑아내니
나른한 전신이
고통의 터널 건너네

링링[※]의 흔적

태풍이 휩쓸고 간 산책길
목이 부러지고
팔다리 찢긴 소나무, 갈참나무들
바위틈에 있던 놀란 다람쥐
그루터기에 찌르라기
매미 울음은 어디로 간 것일까

녹록찮은 삶의 무게
멋대로 부려놓고
나 몰라라 내빼버린 망나니

오늘은
헝클어진 기억을 지워버린
파란 하늘에
뽀송한 흰 구름 미소 짓고
하산 길엔
빨간 코스모스 눈빛이 유난하다

※ 링링: 9월 초순 한반도를 스쳐간 태풍 이름

자줏빛 고구마

베란다 한구석에 남겨놓았던
토실한 고구마
골판지 상자가 포근했는지
씨눈에 하얀 싹이 돋아나 있다

고향의 흙냄새가 그리운 것일까
용기에 담아
물을 주고 정을 주었더니
푸른 줄기가 바닥을 기어 다닌다

집 앞 빈 화단에
두둑을 만들고 가위로
순을 잘라 심었다
제 세상처럼 무성하게 자랄 넝쿨

호미로 흙을 공그르며
추억을 심어본다
주렁주렁 매달려 나올 고향의 분신

삼대 가족

고향길 저울산 산자락에
삼대가 함께 살아가는 소나무 가족

한나절 비바람 몰아치니
허리 굽은 할아버지
자식 등을 내려보며 어린 손자
쓰러지지 않게 돌보라며 손짓을 한다

건너편 마을 산속에서
벌목공들 외치는 소리 들을 때 마다
가슴이 움찔 움찔
안으로 삭히며
산사를 찾아오는
행인들의 발걸음을 식혀준다

곰삭은 세월 의지하며
삼대가 살아간다는 것은

한 생명의 거대한 힘
우리는 그들처럼 살아가고 있는가

황톳길 개미 행렬

가족과 함께 계족산 황톳길을 걷는다

발치에 앞서 줄지어 가는
자잘한 개미 떼 행렬
일사불란하게 줄지어 이동을 한다

역사드라마에서
전란을 겪은 백성들이
피란을 떠나는 모습처럼
체로키 인디언들이
오클라호마 보호구역으로 강제이동 되듯
어디론가 줄지어 가고 있다

이 작은 개미 떼들은
살던 서식지가 파괴된 것일까

새로운 삶의 터전을 일구기 위해
고행의 길을 나선 것일까

한참을 내 삶이 개미허리에 얹혀 기어간다

8월의 성난 태풍

TV
화면에서 진종일
긴장의 눈빛으로
태풍 바비(BAVI) 소식을 전한다

거센 용틀임하며
올라오는 외눈박이 태풍의 눈
일기예보 진행자의
긴장된 목소리와 떨리는 화면

제주도 남쪽 끝 마라도
전남 해안 신안 가거도
집채만한 파도가 치솟는다

상륙한 성난 폭풍으로
아파트 외벽이 뜯겨 나가고
건물 지붕이 날아가
주차된 승용차 유리를 박살낸다

태풍처럼 몰려든 도심의 광장
민중의 함성이 드높다
어느 세월 나라걱정 덜어지려나

어느 폐가弊家에서

예당 호수 출렁다리 바라다 보이는
한적한 산촌마을
낡은 문패만 덩그러니 걸려있는 집

금송나무 한 그루
홀로 집안을 지키고
처마 끝에는
거미줄 씨줄 날줄 얼기설기
갈바람에 흔들흔들
허름한 두레박 걸린 우물가
맷돌, 다듬잇돌 덩그러니 나뒹굴고
창고문 안에는
녹슨 농기구들이 널브러져 있다
기우뚱 벌어진 대문 앞 길가
보랏빛 웃음 띤
쑥부쟁이 몇 그루 서성이고
숭굴숭굴 뚫린 울타리 틈새로

검은 고양이
제집인 양 슬금슬금 드나든다

집주인은 어디에 살고 있을까

버리는 미학

일간신문을 펼쳐본다
넘치는 코로나19 소식들
세상이 온통 살얼음판 걷듯
검푸른 불안이 지면에 가득하다

일상을 잠시 빗장 걸어놓고
집안 곳곳에 쌓인 불안을 털어낸다
서재와 서랍 옷장을 정리하고
사진첩 꺼내 추억을 더듬어본다

이불빨래, 가방 속 물건들
냉장고에 오랜 음식물까지
웅크린 마음의 찌꺼기를 걷어낸다

며칠 전 가까운 이웃이 홀연히
먼 길 떠나는 모습을 보며
내 지나온 뒤안길을 되돌아본다

그간 쟁여두었던 것들을
조금씩 덜어내며 마음을 추스르다
소중하게 여겼던 것들도
다 부질없는 무거움이 아니었던가!

먼 산을 바라보며
마음속 악몽이 사라지길 기도한다

밥물이 잦아들 때

미나리 살짝 삶아 고추장 양념에
어린 호박잎 데쳐 된장을 넣고
쑥갓까지 곁들인 향내가 물씬

밥물이 잦아들 때 넣어 찐 가지
밥알 묻은 채로 죽죽 찢어
양념간장에 무쳐주던 어머니
잘게 썬 부추에 버무린 양념으로 만든
오이소박이도 참으로 맛깔스러웠지

여름비 촉촉이 내리는 날
아이들과 부추전 해 먹던 기억도
이젠 모두 분가하여 살다 보니
이웃이 보내준 푸성귀로 저녁 차려
남편과 딸랑 둘이 먹는 밥상
기억 속에서 옛날의 그 맛을
꺼내 보았다

제6부

쓸쓸한 봄날의 이웃들

그래도 봄날의 하늘은 푸르고

새봄이 움터 올라

희망을 알리는 새소리 지절댑니다

눈길

만삭된 배
보따리 이고
눈 쌓인 십 리 길
엄마는 걸었네

새 장화 신고
뽀드득뽀드득
꿩도 토끼도 푸드덕 화들짝
"우리 아가 장하다"

눈 내리던 날
옛길을 달리니
바퀴 자국 따라
깊어지는 그리움

눈 내리는 날에

앞뜨란 겨울나무 가지에
눈꽃이 포실히 내려앉았다

차창에 함박눈이 휘휘 달라붙는다
와이퍼를 자주 저어대도
눈발은 아랑곳하지 않고 달려든다

어린 시절
눈이 펄펄 내리는 날
둥그스레한 눈사람 만들어
앞마당에 세워 놓고
눈, 코, 입 숯검뎅 달아놓고
들여다보고 또 보며 신났었지

한겨울 달빛 눈부시던 밤
동네 한 바퀴 거니는데
검은 강아지 한 마리
쥐약을 잘못 먹은 것인가

뺑뺑 돌며 발버둥 치더니
눈을 홉뜨고 쓰러졌다

눈 오는 날이면
푸석푸석 생각나는
그립고 안타까운 추억의 껍질들

첫눈을 맞으며

새벽 공원 나들이 길
흰 눈이 펄펄 내린다
가로등 불빛도 첫눈에 수줍은 듯
내 발길을 내려다본다

갈빛 성근 나뭇가지에
까치 까마귀도
얼핏 내리는 눈송이에
들뜬 눈초리로 까악 거린다

공원 호숫가에는
왜가리 한 마리
겨울 채비 근심하듯
먼 산 응시하며 우두커니 서 있고
물오리 새끼들
첫눈에 놀랐는지
깩깩거리며 어미 품을 찾아 든다

어린 시절
싸락눈 사륵사륵 내리던 날
동구 밖에서
장에 간 어머니 기다리던
하얀 눈이 내 가슴에도 내린다

간밤에 내린 백설

창문 밖 소복이 쌓인 눈 바라보며
상상의 나래 펼치니
하얀 자작나무 숲이 눈앞에 다가선다

고향 집 측백나무 울타리에
새하얀 눈송이들
햇살에 포삭포삭 부서지던 모습들

다랑논에 허옇게 쌓였던 눈
칼바람 지날 때마다
문풍지 울음 짓던 소리 아련하다

승용차 머리에 쌓인 눈을
빗자루로 털어내는 아침
살을 외는 설한풍에 두 뺨이 얼얼하다

현관 앞 쌓인 눈을 치운다
이웃들의 안전을 기도하며

빠른 손놀림하는 사이
추위도 모르게 한 발짝 물러갔다

우뚝 선 동상 하나

스물네 살의 시퍼런 나이로
일제의 육군 대장 '구니노미야'를
이국 땅에서 척살刺殺한 독립투사

형장에 붉은 피를 뿌리고 사라졌다
대만의 타이베이 형무소에서

저 세상에 가더라도
대한독립운동을 하겠다는 결연한 의지
그 뜨거운 유언 한마디

대공원 길가에 우뚝 서 있는
조명하 의사의 부릅 뜬 눈동자
매서운 설한풍 이겨내고
꽃보라 풀풀 휘날리는 봄날
그 모습 그대로 의연히 살아있다

가슴에 피어나는 하얀 벚꽃들
저 푸른 하늘에서 뚝뚝 떨어진다

첫눈 내리는 날

눈보라 치며 내리는 첫눈
잠깐 사이
관악산 계곡은 순백의 설원

지금쯤
고향의 산골 마을에도
저리 펄펄 눈이 내리겠지
어린 시절
발자국 소리 뽀드득 들려온다

눈 오는 날 앞마당에
눈덩이 뒹굴뒹굴 굴려놓고
숯검정으로 눈코 달았던
눈사람이 내 가슴에 남아있다

발코니 창문을 열고
눈 오는 하늘을 바라본다

철갑 무장한 코로나19
언제쯤 제집으로 떠나가려나

밖에 나가면
내 하얀 마스크에도
너풀너풀 눈송이 내려앉겠지

엉겨 붙어 떨고 있네

청계산 만경대 너럭바위
황솔 가지에
수정같이 매달린 얼음 꽃
응달에 숨어사는 빛나는 보석인가
한나절 햇살이 찾아드니
번쩍이며 조르르 눈물 짓는다

저 멀리 관악산 쪽으로
솜털처럼 흩날리는 눈송이
찾아가는 곳
말도 많던 정부청사가 어디로 떠나는가

화물차들이 번갈아 들락이고
떠나는 인파의 행렬이 이어진다
과천의 얼굴들이 멍하니 바라본다
수심이 가득한 상인들
가슴에 한겨울이 엉겨붙어 떨고 있네

고드름

늦가을 타작한 볏짚으로
이엉을 엮어 초가지붕을 해 인다

밤새 흩날리던 눈발
지붕에 쌓이면
아침 햇살 부지런도 하지
지붕에 쌓인 눈
추녀에 뚝뚝 낙숫물 짓는 소리

한낮에 다시 날씨가 옥죄어
얼어붙으면
꽁꽁 엿가래처럼 매달린 고드름

어릴 적 친구들과 어울려
기다란 장대로 따서
오독 오독 씹어 먹던 날이
아득한 옛날의 전설처럼 그립다

쓸쓸한 봄날의 이웃들

거리엔 코로나19의 슬픔이
안개처럼 자욱이 번져 있는데
버들가지에는 어느새
따사로운 봄빛이
파란 꼬리를 흔들어 댑니다

두려운 눈빛으로
얼굴 가린 하얀 마스크
가면무도회라도 하듯
침묵의 언어로 걸어갑니다

혹여 하는 미덥지 않은 마음에
눈길만 스치고 지나가는
쓸쓸한 봄날의 이웃들
잘나고 못난 것 구별 없이
모두가 평평한 세상이 되었습니다

그래도 봄날의 하늘은 푸르고
새봄이 움터 올라
희망을 알리는 새소리 지절댑니다

겨울에 걸어보면

나무숲 사이 빠져 나오는 바람
구멍이 숭숭 뚫린 낙엽들
바람이 뒹굴린다
바위 틈 사이 물소리
수런거린다

오늘이 힘들고 지치면
파란 하늘을 이고 서 있는
푸른 소나무에 기대자
따스한 햇살이 한걸음에 달려와
온몸을 덥혀준다
겨울 숲마저 따스하다

오늘은 선물이다
힘껏 걸어보자
가장 빛나는 때는
지금이 아닌가

7부

노아의 방주

할딱이는 어미 새

주둥이 쭈볏이 내밀고

재재거리는 어린 새끼들

길고양이 사랑

서울 대공원 숲속 산책길
길고양이 세 마리 살고 있다
어느새 식구들 불어
새끼들 재롱부리며 따라 다닌다

고양이 돌보는 낯익은 얼굴
자줏빛 재킷을 입은 그녀
궂은날 마다않고
먹이를 가지고 와 길고양이 돌본다

동물 사랑이 남다른 그녀
먹이 들고 손자 부르듯
다정한 목소리로 손을 흔들면
동그란 눈망울로
살랑살랑 다가오는 어미와 새끼
길고양이 보살피는 사랑이
저리도 남다른데
가족들 사랑은 오죽이나 깊고 깊을까

할머니의 접시꽃

아파트 단지 1005동 앞에
자그마한 꽃밭에서
구부정히 허리춤 다스리며
호미질하는 희끗한 할머니

지난해 오가는 길가
화단 앞에서
도란도란 이야기 나누고
베란다 난간에서
먼 산을 바라보다
마주친 눈길에 꽃향기 피어났는데

접시꽃 꽃말처럼 살고 싶었던
젊은 날의 오후
제철에 할머니가 보이질 않는다
지금은 어디에서 꽃밭을 가꾸고 계실까

창가에 아침 햇살 은빛으로 반짝인다

꽃게들의 절규

어망의 씨줄과 날줄에 걸려든
딴 세상에서의 헛발질
시장길 흰 박스에 담겨온 꽃게들

한 놈은 발버둥 치며
톱니를 드러내고 앙탈을 부린다

기다란 집게발 내뻗어
아낙의 손끝에
몸부림치는 놈
냅다 열탕에 털어 넣는다

붉은 투구를 벗기는 손가락들
주홍빛 웃음이 밥상에 환하다

꽃게탕처럼 붉어진 세월
우리들 시간도
보이지 않는 끈에 매달려 있겠지

다락방의 기도

온 세상을 뒤덮은 공포의 안개
코로나19 바이러스
신의 진노 앞에 선 이들처럼
너나 할 것 없이 나약한 존재들

거룩하고 성스러운 주님을
믿는 이들이여
그대들은 노아의 방주처럼
모두 안전하리니
먼 곳에서 들려오는 울림의 소리

믿음이 있는 이들에게
십자가의 수난 공로를 보시고
구원의 빛을 주실 것을 믿나이다

목마른 소자에게 냉수 한 그릇 대접하는 것도
그리스도의 길이라 하셨으니
뜨거운 믿음으로
가슴속 두려움 모두 털어내시어
마음의 평안을 간구하게 하소서

개구리 울음소리

너른 호수가 한 눈에 들어오는
시골 언니 집
앞뜰에는
하얀 백합, 붉은 양귀비, 넝쿨장미

앞마당에는
금송나무, 금빛햇살 얹혀 있고
텃밭엔 꺼럭 붙은
누런 보리이삭
바람결에 나부낀다

시원한 대청마루에 앉아
커피 한잔에
담소 나누고 헤어진 밤

한적한 시골 밤길
논배미에
번갈아 울어대는 개구리 소리
엄마가 경옥아!
불러주던 소리

새 둥지

앞뜰에 무성한 잎새들 사이로
설핏 내미는 풋감들
칭얼대는 외손자의
초롱초롱한 눈빛이 머문다

왕관 모양의 하얀 꽃
실에 꿰어
목걸이 팔찌 뽐내던 어린 시절
달착지근하던 맛

새벽부터 귀 따갑게
지저귈대는 새들만의
언어들이 날아다닌다

야트막한 나무 위에
덩그러니 놓여있는 가지들
세월이 지나도 그대로이다

집을 지으려다
포기했나 보다
날이 지날수록
나뭇가지는 조금씩 조금씩 쌓여간다

작은 나뭇가지가 둥지가 되듯
새 시어로 촘촘히 글을 지어본다

정다운 마을

송화 가루 날리고
눈부신 아카시아 꽃
향기 코끝에 스민다

루피어스, 금잔화, 페라고늄으로
단장한 장미원 앞뜰
길손들의 마음을 곱게 물들인다

청계 호숫가에는
오리가족들이 물길을 가르며
살아간다

넓은 잔디에는 까치들이
뜀뛰기도 하며 모이를 쪼고
한가롭게 움직인다

청계산의 깨끗한 약수
피톤치드를 공급해주고

목재, 산나물, 약초, 버섯
열매도 준다

새소리는 음악과 시, 소설,
동화의 소재로도 삼는다

오늘따라 하늘이 더 높아 보인다
공해가 적은
오랫동안 살아온 마을 과천
정다운 이웃이 있어
더 좋다

사랑의 선물

텅 빈 방안에 성탄절 캐럴이 울린다

아주 어린 시절
교회에서 선물 받은 크레용으로
고운 백지 위에
머리 길게 내린 예수님 모습 그렸지

선교사 님 부흥회 날에는
진가시험 백 점 받아
상으로 성경책을 받기도 했지

믿음이 점차 자라나서
오늘 성탄절에는
코로나19 비대면 예배드리고
성경말씀 깊이 묵상한다

예수께서 십자가의 고난으로
대속하신 은혜와

하나님이 주신 선물이
영생 구원의 길이라 굳게 믿으며

아름다운 천국의 소망
나는 오늘도 변함없이
주님을 사랑하며 기도드린다

시베리아의 푸른 눈동자

꿈에 그린 시베리아 남단 여행길

부라티아 공화국의 '툰카국립공원'
우리의 풍습과 유사한
몽골리안 삶의 모습에서
우리 조상들의 옛날을 더듬어본다
이르쿠츠크 시내에서
한 바퀴 돌아본 풍물시장
바이칼 호수로 향하는 설렘
눈 앞에 펼쳐진
거대한 수면의 푸른 눈동자
수평선이 신기루 같이 가물거린다
알혼섬으로 가는 배
후크 선장의 모습이 이색적이다
섬 안에
나지막한 담장의 촌락과
몸통의 하얀 분칠을 한
자작나무숲이 손짓한다

마을 곳곳에 드문드문
한민족에 대한 전설이
옛날 서낭당 깃발처럼 나부낀다

노아의 방주

봄은 한 걸음씩 다가오는데
대구지역 코로나 폭풍이
가시지 않고 아직도 거세게 분다

불안과 공포에 휩싸인
상가와 거리의 삭막한 풍경
눈물 없는 슬픔에 젖어 운다

구급 차량이 줄지어 오가고
시간에 쫓기듯 뛰어다니는
구급대원들의 거친 호흡 소리
시간과 사투를 벌이는 이들에게
'노아의 방주'가 되겠다며
두 주먹 불끈 쥔 눈동자
동산병원 조치흠 원장의 결연한 의지
'이상화' 시인의 고장에 잠시
빼앗긴 들에도 생명의 봄은 오리라

평설

김 종 (시인 · 문학박사)

전경옥 시집 『감꼭지 사랑』 평설

꽃진 자리에 맺힌 그리움의 노래들

-그림자처럼 간절한 고향과 어머니의 시간

김 종 (시인 · 문학박사)

시인의 언어는 순교자의 피보다 맑다고 한다. 그만큼 시인의 언어는 순수하고 진실하다는 의미일 것이다. 사물을 따라가면서 이야기를 주입하는 방식으로 관련 언어를 부르고 그것들과 정서적으로 융화해 가는 전경옥 시인의 생각과 언어는 그만의 장점이 되기에 충분하다. 이야기 속의 생각이 사물의 의미역意味域에 가담하고 그가 구상하여 만들어낸 작품의 세계가 은밀하게 그러나 명확하게 모습을 드러낸다. 그것은 언어적 사유가 깊은 만큼 그의 언어 또한 깊은 흐름을 보이며 때로는 파도처럼 너울거리기도 하고 때로는 날생선과도 같이 비릿한 시인의 언어가 톡 쏘듯이 좋았다는 얘기이기도 하다.

* 시인의 언어는 순교자의 피보다 맑다

한편 전경옥 시인의 시를 독서하면서 새삼스럽게 '고향상실'을 떠올렸다. 현대인의 자연 상실은 고향상실이라는 말과 동의어다. '고향상실'의 최초 발언자는 하이데거였다. 그에 따르면 인간의 현존재는 자신과의 관련을 망각함으로써 자신의 고향 또한 망각한다는 것이고 이 같은 존재 망각의 역사가 고향상실로 이어진다고 하였다. 이들을 극복하고 고향과 고국을 신화처럼 건설한 주인공들은 그들 차원에서 진정한 영웅이 되지만 그렇지 못한 범인에게는 고향상실이 자기 상실과 직결되어 심대한 상심의 시간으로 이어지기도 한다.

우리네 선인들은 고향을 떠나는 것은 하늘을 잃음이요, 조상과 이별하는 아픔으로 치부했었다. 고향은 그런 의미에서 시공을 아우르는 기억의 현장이며 마음과 인간이라는 불가분의 관계가 복합적 양상으로 빚어진 세계다. 자연을 잃고 고향을 망각한 시대에 사는 우리가 고작 배우고 익힌 것은 산에서 들리는 뻐꾸기 소리나 무논에서 울고 있는 개구리 소리마저 기계의 효과음처럼 받아들이고 있다는 사실이다. 그러한 고향상실의 공허함이 만연한 시점에 고향의 간절함, 자연의 소중함은 현대인의 가슴 속에 한결 확대된 효과음처럼 울리고 있다. 그런 시간에 자연과 고향을 노래한 전경옥 시인의 작품을 만난 것은 나를 비롯한 독자에게 소중한 독서체험이 될 터이다. 전 시인은 고향을 기억하고 고향을 이야기하며 고향이라는 무대의 주인공인 시인 자신과 고향 사람들과의 세월을 노래하고 있다. 그리고 추억이 꽃 진 자리에 맺힌 그리움의 흔적들인 고향의 그림자를 안아 올리듯이 호명하여 노래한다. 거기에 간절한 고향과 어머니의 시간이 있고 자신만의 언어적 진실들을 펼쳐내며 서정의 굽이굽이를 문학이라는 거대한 강물로 흘러가고 있다.

외손주 안고 별내마을 뚝방길 걷는다
포대기 품 안에 잠긴 따스한 체온
어린 시절 엄마 등에 업혔던
아득한 날들이 바람결에 밀려온다

파란 가을하늘 하얀 새털구름
뒷동산에서 갓 주운 알밤
아빠가 깎아주시던 달착지근한 그 맛

새로 이엉 올린 노란 초가지붕 너머
감나무 가지에 매달린 빨간 홍시
저녁연기 풀풀 날리던 마을 저녁 길

들판에 고개 숙인 누런 벼 이삭
서걱거리는 갈대의 속삭임
한가로이 날던 고추잠자리 떼
논가에 툭툭 자유로이 뛰놀던 메뚜기들

모두가 세월의 뒤안길에
추억의 그림자 되어 눈가를 오간다

-〈가을의 추회追懷〉

시인은 누구인가. 무엇을 노래하는 사람인가. 시인을 특징적으로 말할 때 여러 가지가 있겠지만 무엇보다 유년의 기억이 특별한 자이다. 심지어는 유년의 어느 부분부터는 아예 생장점이 멈춰버린 자라고 할 만큼 지나간 시간을 세세하게 기억하는 사람이다. 이같이 시인을 정의하고 나면 전경옥 시인 또한 유년의 기억이 자별한 분인 것을 읽을 수 있다. 우리는 태어나서 유년의 시간을 보낸 곳을 고향이라고 한다. 그러나 고향도 고향 나름, 고향이 보다 고향답기 위해서는 어머니가 계셨거나 계신 곳이어야 한다. 이나 저나 현대인에게 고향은 어느 의미에선 유토피아나 신기루일지 모른다. 그만큼 서정적 고향에 오르는 일은 우리로부터 멀어졌다는 의미이기도 하고 그런 의미에서 고향 가는 일은 하늘에 오르는 일보다 어렵다는 말은 우리 시대의 화두가 되기에 충분하다.

이제 작품으로 돌아오자. 외손주를 안고 별내마을 뚝방길을 걷는 화자는 포대기를 받쳐 업은 따스했던 손주의 체온을 선명하게 기억하고 있다. 그런 다음 시간은 이동하여 "어린 시절 엄마 등에 업혔던/ 아득한 날들이 바람결에 밀려온다"고 할 만큼 스스럼없는 유년을 보여준다. 외손주를 업고 별내마을 뚝방길을 걷던 화자는 이내 자신의 어린 날로 돌아와 엄마 등에 업혔던 아득한 날들을 생수를 마시듯 들이키는 것이다. 앞에서는 할머니가 되어 외손주를 업었고 뒤이어 엄마 등에 업혔던 자신의 유아기로 옮겨와 있다.

그러면서 자신의 구체적인 시간으로 진입한다. 새털구름이 가볍게 깔린 파란 가을날의 하늘을 보며 뒷동산에서 주운 밤을 깎아주셨던 아빠를 생각한다. 그러고는 그걸 깨물었을 때의 달착지근한 맛은 '가을'을 기억하거나 떠올리는 상징적인 사물을 불러들인다. 화자는 가을이면 생각나는 또 하나의 일로 새로

이는 초가지붕의 이엉을 생각하고 저녁연기 풀 풀 풀 날리던 그 너머 감나무 가지에 매달린 빨간 홍시를 잊지 못한다. 생각의 시선은 황금 들녘으로 이동하고 서걱거리는 갈대 위를 한가로이 날아다니던 고추잠자리 떼를 소환한다.

어디 그뿐인가. 논둑에 들어서면 여기저기 툭툭거리며 뛰어다니던 메뚜기들도 추억의 한 품목이기는 마찬가지다. 이제 화자는 외손주를 안고 그 옛날의 일들을 하나하나 떠올리며 별내마을 뚝방길을 걷고 있다. 작품의 제목을 〈가을의 추회追懷〉라 하였으니 이 많은 세월이 지난 어느 가을날 아스라해진 지난날들을 생각하며 그리워하는 화자의 모습에서 나 또한 지난날의 유년을 떠올리며 추억에 잠기게 된다.

길 따라 굽이굽이 찾아든
운두령 외따른 송어 횟집*

그윽한 황솔 솔향기에
한여름 훅훅 찌는 서기暑氣 날아올라
향긋이 번지는 풀꽃 내음
방마다 가득 찾아든 식객들
콩고물로 범벅한 야채에

푸짐한 송어회 곁들여 쩝쩝 맛보며
식당 안은 잔칫집 마냥 왁자지껄하다

동행한 친구 시어머니 친정이
이곳이라는 추억담 나누고 있는데
막내아들이 강화도에서
시어머니를 모시고 예까지 달려왔다

효성스런 송어회 한 접시
나누며 오가는 뜨거운 눈시울

옛 추억이 뚝뚝 떨어지는 여름날이다

*강원도 운두령에 있는 횟집

-〈송어 한 접시〉

〈송어 한 접시〉는 잔칫집 마냥 왁자지껄한 운두령 송어횟집에서의 이야기가 펼쳐지고 있다. 가까운 지인들끼리 "효성스런 송어회 한 접시"를 앞에 놓고 눈시울이 뜨거울 만큼 오순도순 정을 나누는 인정 어린 정경을 한자리에서 읽을 수 있다. "길 따라 굽이굽이 찾아든" 운두령 횟집에는 벌써부터 방마다 가득 식객들이 붐비고 있다. 그리고 시인이 내보인 일행에는 동행한 친구와 막내아들 내외에다 시어머니가 등장하는 등 얼추 헤아려도 대여섯은 어울린 자리였다.

* 건네주고 건네받는 어머니와 자식의 얼굴이

계절이 훅훅 찌는 여름이건만 경치 좋은 맛집이라 향긋한 "풀꽃 내음"이 번지고 "그윽한 황솔 솔향기"가 서기처럼 날아오른 고갯마루 횟집에서 콩고물 범벅한 야채 바구니를 앞에 놓고 푸짐한 송어회를 곁들이는 자리의 모습이란 보지 않고도 정담이 뚝뚝 떨어지는 옛 추억의 자리임을 짐작하겠다. 이런 자리에서 오가는 얘기는 실로 다양했을 것이고 분위기 또한 좋았으리라는 것은 불문가지다. 시인이 마지막에 보인 대로 훅훅 찌는 날씨임에도 "옛 추억이 뚝뚝 떨어지는 여름날"의 추억담의 삼매경은 더더욱 정겨운 자리로 이어졌으리라.

혈육이 뒤엉켜 한 무리를 이루는 소나무 숲
나의 몸에 유익한 피톤치드를 품어내고
기관지가 약한 나를 한껏 안아 주는구나

잎이 무성해지면 햇빛을 가리어
옆에 기대선 소나무들 빛 가릴세라
제 스스로 몸을 털어내는구나

험악한 한세상 살아가는 동안
마음을 다 내려놓고 살았더라면
서로 그어대지 않았을 것을

날이 궂어 추적추적 빗물이
흥건히 적셔지면
솔방울들은 제 몸을 바짝 오므리고
그러다가
반짝 햇빛 들면 힘껏 제 핏줄을 흩뿌려댄다

아기 소나무 여기저기 바라보고 있구나
해가 바뀌어도
나뭇잎들은 동구르르 바닥을 구르며
한껏 풀어헤친 나목이 되어가듯

- 〈부부 목〉

제목에서 읽은 〈부부 목〉은 우리가 통상 생각해온 대로 '연리지連理枝'쯤 되지 않을까가 연상되는 나무이다. '연리지'란 두 나무의 가지가 서로에게 맞닿아서 하나가 된 나무로 오랜 세월을 화목하게 지낸 부부나 남녀 사이를 비유적으로 이르는 말이다. 이와 비슷한 말로 '비익조比翼鳥' 또한 마찬가지이다. 비익조는 "암컷과 수컷의 눈과 날개가 하나씩이어서 짝을 짓지 아니하면 날지 못한다는 전설상의 새인데 남녀나 부부 사이의 두터운 정을 비유적으로 이르는 말이다. 박종화의 〈다정불심多情佛心〉에는 그 같은 표현으로 "하늘에 올라가서 비익조가 되고 떨어져선 연리지가 되어 세세생생에 부부가 되어 지라고" 하였다.

작품이 말하는 '부부 목'이란 무엇을 말하는 것일까. 온통 혈육으로 뒤엉켜 한 무리를 이룬 소나무 숲에서 기관지 건강에 유익하다는 피톤치드를 흡입하는 이야기에서 '부부 목'의 이야기는 시작된다. 소나무의 잎이 무성해지면 곁에 기대어선 나무의 햇빛을 가릴 것이므로 "제 스스로 몸을 털어냈다"는 발언은 인간을 가르치는 아포리즘으로 읽어도 손색이 없다. 험악한 한 세상을 살아가 가면서 서로를 그어대지 않기 위해서는 그저 홀가분하게 "마음을 다 내려놓고 살았더라면" 아무 일도 없었을 것을, 그러지 못한 아쉬움을 소나무에서 배우는 것이다.

소나무의 솔방울은 빗물이 흥건해지면 "제 몸을 바

짝 오므리다가" 햇빛이 나면 "힘껏 제 핏줄을 흩뿌려 댄"다는 것은 신축을 통해 생의 면적을 확보하는 지혜를 가르치고 해가 바뀌어도 이 같은 광경은 변하지 않는다는 사실 또한 보여준다. 나무가 나뭇잎을 바닥에 떨어뜨려 서로를 조절하면서 나목으로 살아가는 지혜를 나무에서 배운다는 의미로 〈부부 목〉을 읽을 수 있었다. 세상을 살아가는 이치와 양보는 그저 그러려니 하고 살아야 하는 일에 진배없겠고 그러지를 못하고 살아온 우리에게 〈부부 목〉은 스미듯이 화목과 상생의 가르침을 전하고 있다.

새벽 창문을 두드리는
새들의 지저귐 소리
감나무 가지 위에
이름 모를 새들의 둥지

쉴 틈 없이 먹이를 잡아 나르느라
할딱이는 어미 새
주둥이 쪼뼛이 내밀고
재재거리는 어린 새끼들

유리창에 어리는 얼굴

학교 교문 앞에서
따스한 도시락 건네주며
내 언 손
꼭 잡아주시던 어머니 눈길
이젠, 텅 비인 고향 집 하늘

- 〈사랑의 둥지〉

작품 〈사랑의 둥지〉 첫 연을 읽다 보면 화자의 시선이 "새벽 창문을 두드리는/ 새들의 지저귐 소리"에서 "감나무 가지 위에/ 이름 모를 새들의 둥지"로 옮겨가는 광경을 읽을 수 있다. 그러니까 소리를 듣고 난 다음 둥지로 옮겨가는 두 가지의 장면을 한자리에서 읽는다는 의미이기도 하다. 다음의 둘째 연에서도 "쉴 틈 없이 먹이를 잡아 나르느라/ 할딱이는 어미 새"가 등장하고 이후 "주둥이 쭈뼛이 내밀고/ 재재거리는 어린 새끼들"을 한 눈에 볼 수 있다. 이제 유리창에는 교문 앞에서 언 손을 꼬옥 잡아주며 따스한 도시락을 건네주고 건네받는 어머니와 자식의 얼굴이 그림자처럼 희미하게 비쳐든다. 이 대목을 읽으면서 정지용 시인의 〈유리창〉을 떠올렸다.

두 사람-전경옥과 정지용-의 작품은 표현은 유사해도 현상은 판이한 두 개의 광경을 읽을 수 있다. "유리에 차고 슬픈 것이 어린 거린다" 는 정지용의 〈유리창〉은 1930년 1월 《조선지광》 第89호에 수록된 작품으로 폐결핵으로 세상을 떠나보낸 아들의 슬픈 영상을 유리창에 투사하여 표현한 것이다. 그러니까 생사의 중간에 유리창을 위치시켜 산 자와 죽은 자를 이승과 저승처럼 이미지화시키고 있는데 〈사랑의 둥지〉에서는 "할딱이는 어미 새/ 주둥이 쭈뼛이 내밀고/ 재재거리는 어린 새끼들"의 모습에서 언 손 잡아주며 따스한 도시락을 건네는 어머니와 딸의 가슴 따뜻한 모습이 오버랩 되고 있다.

* 꼭지에서 열매를 키우는 '어미의 손'을 보다

시인은 이미 앞의 두 개의 장면에서 '사랑의 둥지'를 시각화한 것으로 텅 빈 고향 집 하늘을 가득 사랑의 현상으로 채워내고 있다. 요컨대 미물인 어미 새와 아기새 먹이를 주고받는 광경을 통해 전경옥 시인은 교문 앞에서 "따스한 도시락 건네주며" '내 언 손' 꼬옥 잡아주시던 어머니의 그 따뜻한 사랑을 "유리창에 어리는 얼굴"을 통해 노래하고 있다.

봄날 조요로운 뜰 안에

하얗게 핀 감꽃
떨어진 꽃 실에 꿰어
목걸이 팔찌하고
숙녀인 양 뽐내며 걸었던 기억

꽃 진 자리에 어느새
앙증스레 맺힌 앳된 풋감
가까이 다가서니
백일 지난 초롱초롱한
외손자 눈망울이 반짝인다

내년 감꽃 필 무렵이면
품안에 외손자도
제 발로 꽃길을
아장아장 걸어가게 되겠지

야트막한 나뭇가지에
얹혀있는 토실토실한 사랑
고요한 푸르름으로
무럭무럭 자라기를 손 모아 본다

- 〈감꼭지 사랑〉

〈감꼭지 사랑〉은 "꽃 진 자리에 어느새/ 앙증스레 맺힌 앳된 풋감"에 "품 안의 외손자"를 비유하여 노래하고 있다. 우리들의 어린 날은 날씨 풀린 봄 뜨락에는 으레 감나무가 그늘을 내리고 있었다. 감꽃이 떨어지면 그것들을 주워다가 혹은 먹기도 하고 혹은 실에 꿰어 목걸이나 팔찌를 하고 숙녀처럼 젠체하며 뽐내던 시간을 연상한다.

그리고는 어느새 꽃 진 자리에 '앙증스레' 풋감이 맺혔다고 했다. 예쁜 마음에 가까이 다가가 보니 풋감은 백일 지난 외손자의 초롱초롱 반짝이는 눈망울을 닮았다고 생각한다. 그러고 나서 다시금 일 년이 지나 "감꽃 필 무렵이면" 이제 백일 지난 외손자도 그 무렵이면 제 발로 아장아장 꽃길을 걸어 다니겠다는 미래적 시간의 즐거운 상상을 한다. "야트막한 나뭇가지에"는 토실토실한 사랑들이 주렁주렁 얹혀 있다. 제발 저 '고요한 푸르름'이 비바람이나 병충해에도 떨어지지 않고 예쁜 감으로 실하게 숙성되기를 바라는 기도를 한다.

감꼭지가 감의 뒷덜미를 야무지게 붙들고 제대로 숙성할 때까지의 과정은 백일 지난 외손자가 탈 없이 건강하고 슬기롭게 장성하기를 염원하는 마음과 마찬가지일 터이다. 감나무가 가지를 늘어뜨려 감을 키우는 것은 사랑의 품을 내어 외손주의 건강한 성장을 손 모아 기도하는 할머니의 사랑과 무엇이 다르겠는가. 먹을 것이 가난하던 시절이라 떨어진 감꽃도 훌륭한 군것질거리가 되던 때가 노래되고 있다.

필자는 언제부턴가 감이나 사과에서 가지에 이어진 꼭지를 보면서 저 꼭지가 열매를 키우는 '어미의 손'은 아닐까를 생각하곤 했었다. 모든 열매는 뒷덜미를 떨어지지 않게 단단히 붙잡고 있는 악착한 꼭지가 있다. 꼭지는 마치 포크레인 삽날이 물건의 뒷덜미를 들어 올리는 것 같은 형상이라 생각하면서 저건 새끼의 뒷덜미를 입으로 물어서 옮기는 어미 사자의 모습에서 착안했을 것이란 생각을 했었다. 감꼭지는 감의 위쪽에 붙어있는 꼭지를 이르는 것으로 원래는 꽃받침이었고 보통 녹색이나 갈색을 띠면서 감이 숙성되는 전 과정에 노심초사 기도하는 모습으로 부착되어 있다. 위의 작품에서도 그 같은 '감꼭지'와 '열매'와의 관계에서 할머니와 외손자의 관계를 끌어내고 〈감꼭지의 사랑〉이라 노래한 것을 실감 나게 읽을 수 있었다.

사박사박
쥐똥나무 잎 스치며
봄 아가씨 어디 가는가

소리쟁이 꾀꼬리 파드득 나물
풀피리 오케스트라

직박구리 까치야
소란 피우지 마라
향순네
매화 망울 선잠 깰라

-〈향순네 매화 망울〉

어린 날 선잠 깨면 아이들은 무엇이 서운한지 그치지 않고 울음을 울곤 했었다. 매화 망울 벙글 때 바깥 풍경은 직박구리나 까치 등속이 여기저기를 날아다니며 훼치고 깍깍거리며 울었다. 그 얼어붙었던 한기의 겨울을 보내고 날씨가 풀리고 봄이 온다는 것은, 기적에 치부될 만큼 참으로 가슴 설레는 일이었다. 그 자리에 사박사박 쥐똥나무 잎 스치며 나들이하는 봄 아가씨는 상상만으로도 아름답다. 봄 아가씨가 걸어 나간 길을 따라 쏟아 붓듯 "소리쟁이 꾀꼬리 파드득 나물/ 풀피리 오케스트라" 등은 장히 볼만하였겠다. 인용 글귀를 풀어놓자면 소리쟁이 꾀꼬리 파드득 날개치며 날고 갖가지 나물류가 지천에 돋아나고 버들피

리나 풀피리를 만들어서 불고 다니면 이보다 볼만한 오케스트라가 없었다. 그 통에 구경꾼이라도 되는 양 들고나는 직박구리와 까치는 조용히 조용히 꽃잎을 열고 있는 광경에 방해라도 될세라 제발 좀 소란 피우지 말라고 하였겠다.

우리 조상들은 단오 이전의 산천은 못 먹을 풀이 없다고 하였다. 그러니까 독초도 단오 이전에는 독성이 그리 대단찮다는 의미이겠다. 그리 보면 우리네 산야처럼 축복받은 땅이 또 있을까. 꺾거나 캐다가 삶아서 무쳐놓으면 저마다 약이 되고 먹거리 아닌 것이 어디 있었던가. 그래서 우리네 밥상은 눈으로 보면 '꽃상'이요 성분으로 보면 그 모두가 '약상'이었다. 더구나 매화 망울 벙글 무렵이면 바람 소리도 발소리를 죽이며 조용조용 지나던 것처럼, 사방이 조용하고 봄빛에 깨쳐 나는 나물 등속이 봄 아가씨가 찾아 나선 특별 먹거리가 아니던가.

태풍이 휩쓸고 간 산책길
목이 부러지고
팔다리 찢긴 소나무, 갈참나무들
바위틈에 있던 놀란 다람쥐
그루터기에 찌르라기

매미 울음은 어디로 간 것일까

녹록잖은 삶의 무게
멋대로 부려놓고
나 몰라라 내빼버린 망나니

오늘은
헝클어진 기억을 지워버린
파란 하늘에
뽀송한 흰 구름 미소 짓고
하산 길엔
빨간 코스모스 눈빛이 유난하다

-〈링링의 흔적〉

작품에서 화자는 "태풍이 휩쓸고 간 산책길" 위치에 있다. 태풍이 얼마나 거세게 지나갔던지 여기저기 헤쳐 놓은 생채기들이 어지럽게 흩어져 있다. 산책길에 "목이 부러지고/ 팔다리 찢긴" 소나무와 갈참나무들이 너부러져 있다. 그 자리에서 문득 궁금한 것이 있다. 산책길 숲속에서 바위틈에 뛰놀다가 사람 쳐다보며 놀란 모습을 보이던 다람쥐나 그루터기에 앉아 찌르륵 찌르륵 울음 우는 찌르레기나 나뭇잎에 숨어들어 시절 좋게 노래하던 매미들의 그 왁자한 소리는 도대체가 어디로 사라져간 것일까.

그러다가 화자는 살아온 그간의 삶이 결코 녹록한 것이 아니었음을 회고 하며 멋대로 부려놓고 '나 몰라라' 도망간 망나니를 생각한다. 그리 보면 작품에서 노래한 '링링' 또한 아무렇게나 휘젓고 나서 나 몰라라 떠나버린 망나니가 틀림없다. 이제 날씨도 개고 하늘은 거짓말처럼 맑게 트인 호수 같고 흰 구름은 뽀송한 솜털처럼 미소 짓고 하늘 멀리 떠간다. 문득 하산 길엔 빨간 코스모스 눈빛이 유난하게 아름답던 시간이 다시금 찾아온 것이다.

태풍 '링링'은 2019년 9월 6-8일 한반도 전역에 영향을 미치며 강풍 피해를 일으킨 제13호 태풍이다. 필리핀해상에서 발생한 태풍으로 당초 소형이었으나, 고수온 역을 느리게 지나 대만 부근으로 이동하면서 점점 강해졌다고 한다.

* "깊어지는 그리움"에 바퀴 자국을 내며

링링이 우리나라를 지날 때는 '매우 강'의 중형급 태풍으로 도달하면서 수많은 강풍 피해를 남겼다. 태풍 '링링'은 홍콩에서 제출한 이름이고 소녀의 애칭이라고 한다. 그러니까 예쁜 소녀처럼 착하고 부드럽게 말썽부리지 말고 조용히 지나가라는 의미였을 것이다. 2012년 태풍 볼라벤을 뛰어넘는, 북한에 상륙한 태풍 가운데 가장 강했으나 2020년 제8호 태풍 바비가 이를 뛰어넘었다고 한다. 우리는 태풍 '링링'을 벌써 잊었지만 그 엄청난 공포를 몰고 왔던 당시에의 생채기는 시인의 기억에 남아 노래할 만큼 실로 대단한 것이었다.

만삭된 배
보따리 이고
눈 쌓인 십 리 길
엄마는 걸었네

새 장화 신고
뽀드득뽀드득
꿩도 토끼도 푸드덕 화들짝
"우리 아가 장하다"

눈 내리던 날
옛길을 달리니
바퀴 자국 따라

깊어지는 그리움

– 〈눈길〉

〈눈길〉은 짤막하지만 음미할수록 울림이 큰 작품이다. 제목에서 읽은 〈눈길〉은 첫째 연에서 화자를 회임하던 어머니가 ‘보따리 이고’ 만삭의 상태로 “눈 쌓인 십 리 길”을 걷고 걸으셨던 그 길이다. 말이 십 리 길이지 만삭의 몸으로 그것도 머리에는 보따리를 이고 ‘눈 쌓인’ 길을 걷는다는 것은 얼마나 힘든 고통의 길이었을지는 상상조차 힘들다. 그 아이가 태어나 “새 장화 신고/ 뽀드득뽀드득” 걸을 때면 “꿩도 토끼도 푸드덕 화들짝” 놀라서 달아났다고 했다. 그럴 때면 어머니는 오달진 맘에 덩달아 신이 나서 “우리 아가 장하다”고 추임새까지 넣으셨던 것이다. 어머니가 만삭일 때는 어머니의 태중이었고 아가 시절에는 새 장화 신고 꿩도 푸드득 날고 토끼도 화들짝 뛰어갈 만큼 눈길에 뽀드득 소리를 내며 걷던 아이가 이제는 눈이 내리는 날 “깊어지는 그리움”에 바퀴 자국을 내며 차를 몰아 “옛길을 달리”고 있다. 의미 단위가 세 개인 이 작품은 각각의 독립 단락이 되어 의미를 담아내고 있다.

〈눈길〉이란 제목만으로도 끝없이 이어진 어느 공간을 향해 가도 가도 지치지 않고 걸어가는 그리움의 길이 연상된다. 셋째 연에서는 어머니가 계실 수도 있고 안 계실 수도 있는 상황에서 깊어지는 그리움의 동굴 속으로 떠올린 옛날의 기억을 따라 바퀴 자국을 내며 달리고 있다. 그리고 이들 모두의 기억은 눈이 내리는 날 눈길을 걷는 일이었다.

기왕 〈눈길〉을 독서 하는 마당이니 조금 쉬는 셈 치면 다음이 연상된다. 어머니가 보따리를 이고 만삭의 몸으로 십 리나 되는 눈길을 걸었다는 그 시절엔 무슨 놈의 눈이 그리도 내렸던지. 걸핏하면 눈이 쌓였고 자고 일어나면 간밤에 사람 키보다 크게 자란 고드름을 볼 수 있었다. 전경옥 시인의 〈눈길〉은 작품의 길이는 짧지만 장편소설 같은 이야기가 강물처럼 흘러가는, 그러면서도 동요 같은 순연함이 읽히는 가작이었다.

스물네 살의 시퍼런 나이로
일제의 육군 대장 '구니노미야'를
이국땅에서 척살刺殺한 독립투사

형장에 붉은 피를 뿌리고 사라졌다
대만의 타이베이 형무소에서

저세상에 가더라도

대한 독립운동을 하겠다는 결연한 의지
그 뜨거운 유언 한마디

대공원 길가에 우뚝 서 있는
조명하 의사의 부릅 뜬 눈동자
매서운 설한풍 이겨내고
꽃보라 풀풀 휘날리는 봄날
그 모습 그대로 의연히 살아있다

가슴에 피어나는 하얀 벚꽃들
저 푸른 하늘에서 뚝뚝 떨어진다

- 〈우뚝 선 동상 하나〉

우리는 지금 이국땅에서 "스물네 살의 시퍼런 나이로/ 일제의 육군 대장 '구니노미야'를 척살한" 조명하(1905~1928) 독립투사의 동상 앞에 서 있다. 조명하 의사'는 젊디젊은 스물네 살의 피 끓는 나이에 일본 육군대장 '구니노미야'를 그것도 이국땅에서 척살한 독립투사이다. 다음의 말은 조 의사의 애국심이 어떠했는지를 보여주는 문장이다. "나는 삼한三韓의 원수를 갚았노라. 아무 할 말은 없다. 죽음의 이 순간을 나는 이미 오래전부터 각오하고 있었다. 다만 조국 광복을 못 본 채 죽는 것이 한스러울 뿐이다…" 조 의사는 총명하고 강직한 성품으로 스물두 살 때는 일본을 알기 위해 현해탄을 건너가기도 했었고 1926년 3월에는 신천 군청의 직원으로 일하면서 김구 선생과 노백린 선생 등의 독립운동 무용담을 전해 듣고 애국 남아로서의 각오를 다졌었다고 한다.

거사 이후 "대만의 타이베이 형무소에서" "저세상에 가더라도/ 대한 독립운동을 하겠다는" '그 뜨거운 유언'을 남기고 붉은 피를 뿌린 뒤 형장의 이슬로 사라진 분이다. 시인이 대공원 길가에 세워진 조명하 의사의 동상을 만난 것은 "꽃보라 풀풀 날리는 봄날"이었다. 그런데 되레 조명하 의사의 '부릅뜬 눈동자'에서 '매서운 설한풍'도 이겨낼 열혈한 의연함을 보았던 것이고 시인은 조 의사의 그 같은 모습을 우리와 함께 살아있다고 노래한다. 그때 조명하 의사를 추념이라도 하듯 "가슴에 피어난 하얀 벚꽃들이" '저 푸른 하늘에서' 꽃비가 되어 내리는 의미적 이미지가 새삼 인상 깊었다.

거리엔 코로나19의 슬픔이
안개처럼 자욱이 번져 있는데
버들가지에는 어느새

따사로운 봄빛이
파란 꼬리를 흔들어 댑니다

두려운 눈빛으로
얼굴 가린 하얀 마스크
가면무도회라도 하듯
침묵의 언어로 걸어갑니다

혹여 하는 미덥지 않은 마음에
눈길만 스치고 지나가는
쓸쓸한 봄날의 이웃들
잘나고 못난 것 구별 없이
모두가 평평한 세상이 되었습니다

그래도 봄날의 하늘은 푸르고
새봄이 움터 올라
희망을 알리는 새소리 지절댑니다

- 〈쓸쓸한 봄날의 이웃들〉

쓸쓸한 겨울을 지나고도 다시금 '쓸쓸한 봄날'이라! 실인즉 봄이 되면 한기를 품은 회색빛 겨울이 음산함을 벗고 나날이 화창함을 더하는 것은 상식일 것이다. 비탈에서 겨울잠을 자고 있는 응달진 얼음장도 기지개를 켜고 물소리를 불러 여기저기 아지랑이를 피어 올리는 희망의 시간은 심호흡에다 어깨를 펴고 노래를 불러도 좋았을 것이다. 그런데도 제목에 보인 표현이 〈쓸쓸한 봄날의 이웃들〉이라 하였다. 사실 계절이 이같이 '쓸쓸한' 데에는 자욱한 안개처럼 번져있는 "코로나19의 슬픔이" 주된 이유일 수 있겠다. 그러나 대자연의 계절 감각은 한 치의 어긋남도 없이 정확한지라 '따사로운 봄빛'에 버들가지는 어느새 봄바람을 타고 "파란 꼬리를 흔들어 대는" 것이다. 그야말로 '어느새'란 시간이 실감될 만큼 온 산야에는 봄날의 기운이 한가득하다.

* 하나의 '끈'에 매달린 존재, 인간

말이 나왔으니 망정이지 대자연은 인간 세상의 일에는 별무 상관으로 한 치의 오작동이나 차질도 없이 작년의 모습대로 상 차려내는 기적을 보인다. 작품은 이어지면서 "가면무도회라도 하듯/침묵의 언어로 걸어가는" 두려운 눈빛에 하얀 마스크로 얼굴을 가린 우리 시대의 군중들이 영상처럼 한눈에 비쳐드는 것을 볼 수 있다. 언제부턴가 우리는 가까운 이웃과도 마스크로 표정을 가리고 서로가 서로에게 "혹여 하는 미덥지 않은 마음"을 가지게 되고 봄날인데도 '목례'만으로 지나가는 상대에게 참 쓸쓸한 관계로 바뀐 것이다. 그래도 봄날의 하늘은 예년처럼 군청색으로 열려서 움터 오르는 새봄의 시간을 축복이라도 하듯 희망을 알리며 지절대는 새소리가 더더욱 쓸쓸함을 확대시키는 것 같다.

어망의 씨줄과 날줄에 걸려든
딴 세상에서의 헛발질
시장길 흰 박스에 담겨온 꽃게들

한 놈은 발버둥 치며
톱니를 드러내고 앙탈을 부린다

기다란 집게발 내뻗어
아낙의 손끝에
몸부림치는 놈
냅다 열탕에 털어 넣는다

붉은 투구를 벗기는 손가락들
주홍빛 웃음이 밥상에 환하다

꽃게탕처럼 붉어진 세월
우리들 시간도
보이지 않는 끈에 매달려 있겠지

- 〈꽃게들의 절규〉

이 작품에서의 '붉다'란 말은 중층적 이해가 가능하다. 황혼의 빛깔을 그리 말할 수도 있겠고, 열을 가했을 때의 꽃게의 몸 빛깔이 그리 표현될 수도 있겠고, 맵게 끓인 꽃게탕의 빛깔이 또한 그럴 수도 있었겠다. 허나 '붉다'란 말이 어느 빛깔인들 무슨 소용이리. 문맥의 흐름대로 읽어 내리다 보면 '세월'이라는 끈을 내리고 그 끈에 매달린 존재가 바로 우리들 인간의 모양새가 아니겠는가.

어멍漁網의 씨줄과 날줄에 걸린 꽃게들이 흰 박스에 담겨져 시장길 좌판에 놓여있다. 톱니를 드러내고 발버둥 치며 앙탈을 부리는 놈, 기다란 집게발로 아낙의 손끝에서 몸부림치는 놈, 죄다 열탕에 쓸려 들어간다. '붉은 투구 같은' 게 껍데기를 벗기는 손가락들, 웃음도 게 껍데기를 닮아 '주홍빛 웃음'이 "밥상에 환하다"고 하겠다. 꽃게탕처럼 붉어진 세월이라 했을 때의 '우리들 시간'은 그만큼의 열정적인 시간일 것이고 그럴 때 우리는 "보이지 않는 끈"에 매달린 또 다른 꽃게 신세가 아니겠는가를 읽는다.

이 자리에서 '보이지 않는 끈'이란 무얼 의미하는 걸까. 비유적으로 말하여 인간은 하나의 '끈'에 매달린 존재이다. 인간은 황야에서 사나운 곰에게 쫓기는 신세가 되었는데 죽을힘을 다하여 절벽에 이르렀을 때 더 이상을 나아가지 못하고 체념하고 멈춰 섰는데 절벽 아래로 기나긴 밧줄 하나가 내려져 있었다. 그걸 타고 정신없이 내려가다가 중간쯤에서 내려다보니 풍랑이 거센 바닷물에 악어들이 입을 벌리고 아우성을 치고 있는 게 아닌가. 안 되겠다 싶어 위를 올려다보니 조금 전의 맹수가 밧줄 아래를 내려다보고 있는 게 아닌가. 오를 수도 내릴 수도 없어 매달려 있는데 그때 어디선가 난데없는 '흰쥐'와 '검은 쥐'가 나타나서 매달려 있는 밧줄을 사각사각 갉아대는 게 아닌가. 이게 바로 인간이 매달린 '끈'의 의미적 해석이다. 언제일지 모르지만 매달려 있는 밧줄이 끊기는 날이면 그다음은 아무도 알 수 없는 나락이지 않겠는가. 〈꽃게들의 절규〉를 읽으면서 새삼 떠오른 생각의 편린이었다.

아파트 단지 1005동 앞에
자그마한 꽃밭에서

구부정히 허리춤 다스리며
호미질하는 희끗한 할머니

지난해 오가는 길가
화단 앞에서
도란도란 이야기 나누고
베란다 난간에서
먼 산 바라보다
마주친 눈길에 꽃향기 피어났는데

접시꽃 꽃말처럼 살고 싶었던
젊은 날의 오후
제철에 할머니가 보이질 않는다
지금은 어디에서 꽃밭을 가꾸고 계실까

창가에 아침 햇살 은빛으로 반짝인다

-〈할머니의 접시꽃〉

아파트 단지 1005동에 사는 할머니는 구부정한 허리춤을 다스리며 아파트 앞의 "자그마한 꽃밭"을 매시던 모습을 상상하게 하는 분이다. 그런데 어느 사이엔가 머리 희끗한 그 할머니가 보이지 않는 것이다. 노인장의 건강은 밤새 안녕이라는데 혹 그런 것은 아닌지.

"먼 산 바라보다/ 마주친 눈길에" 피어난 꽃향기는 그 자체로 훈감하다. 여기에 무슨 사연을 개입시키지 않더라도 그게 무슨 문제인가. 그 일은 시간으로는 지난해였고 장소는 아파트 단지 1005동의 자그마한 '화단 앞'이었다. 그런데 여기에서 펼쳐낸 장면은 두 가지다. 하나는 "도란도란 이야기를 나누었고" 다른 하나는 "베란다 난간"에서 먼 산을 바라보다가 눈길이 마주치게 되었다고 했다. 그런 다음 꽃향기가 피어났다고 한 것. 표현 속의 장면은 상상한 것이었고 이를 곧이곧대로 말하자면 상대와의 눈길이 마주치자 미소가 피어올랐다는 표현이 보다 직핍할 것이다.

접시꽃은 아욱과의 여러해살이 풀이며 평설을 쓰기 위해서 찾아본 접시꽃의 꽃말은 '단순, 편안, 다산, 풍요' 등이었다. 2m쯤의 높이에다 직립으로 자라는 접시꽃은 잎은 어긋나고 심장 모양으로 가장자리에 5-7개로 톱니처럼 갈라지고 6-8월에 접시 모양의 크고 납작한 꽃이 총상總狀 화서로 피고 열매는 평평한 원형의 화초라 하였다.

* 지금은 어디에서 꽃밭을 가꾸실까

화자가 밝힌 "젊은 날의 오후"에 "접시꽃 꽃말처럼 살고 싶었다"는 말은 단순하고 편안하고 그러는 가운데 자손을 많이 두고 넉넉하게 살겠다는 의미는 아니었을까. 그런데 그 자리에 접시꽃의 꽃말을 새기며 꽃밭을 가꾸고 계실 할머니가 보이지 않는다고 하였다. 그렇다면 보이지 않는 할머니는 "지금은 어디에서 꽃밭을 가꾸고 계실까"를 생각하는 시간에 창가에는 아침햇살이 은빛으로 반짝이고 있었다. 상상을 가미하지 않고 문맥의 흐름대로만 읽었지만 여기에 소환한 허리 구부정한 할머니의 여러 이야기를 상상 중에 읽을 수 있었다.

너른 호수가 한 눈에 들어오는
시골 언니 집
앞뜰에는
하얀 백합, 붉은 양귀비, 넝쿨장미

앞마당에는
금송나무, 금빛햇살 얹혀 있고
텃밭엔 꺼럭 붙은
누런 보리이삭

바람결에 나부낀다

시원한 대청마루에 앉아
커피 한잔에
담소 나누고 헤어진 밤

한적한 시골 밤길
논배미에
번갈아 울어대는 개구리 소리
엄마가 경옥아!
불러주던 소리

- 〈개구리 울음소리〉

한적한 시골 논배미에서 "번갈아 울어대는 개구리 소리"를 "엄마가 경옥아!" 하고 부르던 소리에 오버랩시키면서 자연의 소리가 혈육의 정이 흐르는 사람의 소리로 바뀌는 극적인 반전을 보이고 있다.

요즘 세상에서 개구리 울음소리는 듣기가 쉬운 일이던가. 아예 고향 따위는 잊어버린 사람들의 세상이라 대자연이 울리는 개구리 울음소리는 고향 회복의 교향악처럼 들려오는 것이다. 옛날 시골에서 장성할 때는 시끄럽기만 하고 지천에 널린 것이 개구리 울음소리였었다. 그러던 것이 자연과 고향을 잃어버린 요즘 세상에선 개구리 소리는 감추어둔 음악 소리를 대신하여 대자연이 슬그머니 꺼내어 선물처럼 들려주는 축복의 소리가 아닌가 싶기도 하다.

속담에는 "개구리 소리도 들을 탓"이란 말이 있다. 지금과는 천양지차로 개구리 소리가 시끄럽던 시대에 나온 말이지만 사방팔방 시끄럽게 우는 개구리 소리도 생각하거나 듣기에 따라서는 좋게도 들리고 나쁘게도 들린다는 뜻으로 동일한 현상도 기분 상태에 따라 좋게도 보이고 나쁘게도 보인다는 말이겠다. 그런가 하면 "개구리 올챙이 적 생각 못 한다"는 말도 있다. 형편이나 상황이 조금 나아졌다고 지난날을 까맣게 잊고 으스대는 일을 경계하는 말이기도 하다. 예컨대 "개구리 올챙이 적 생각 못 한다더니 반장 됐다고 너무 으스대는 것 아니야." 등이 그 같은 것이라 하겠다.

이처럼 개구리 울음소리에는 세상 사람을 가르치는 여러 아포리즘이 들어있는데 문득 〈개구리 울음소리〉를 독서하면서 생각나는 말들이었다. 〈개구리 울음소리〉는 전경前景처럼 "너른 호수 한눈에 들어오는/ 시골 언니 집"이 제시되고 있다. '앞뜰'에는 "하얀 백합, 붉은 양귀비, 넝쿨장미"가 가득 피어나고 '앞마당'에는 금빛햇살을 얹혀 놓은 금송 나무가 서 있고 텃밭엔 "꺼럭 붙은/누런 보리 이삭"이 바람에 나부끼는 광경은 그 자체로 평화경에 진배없겠다. 바로 그곳에서 "시원한 대청마루에 앉아" 커피 한 잔 앞에 놓고 담소를 나누다가 헤어지던 밤 시간 한적함이 새삼 개구리 울음소리로 되살아나고 있다.

모내기가 끝난 무논을 우리는 개구리 운동장이라 한다. 그 소리를 듣기 위해 계절에 맞춰 시골 밤 시간 멍석자리에서 별 헤며 지내곤 했었다. 병풍 두른 어둠에서 질펀하게 울어대는 개구리 소리에 흠뻑 젖다 보면 대자연은 그 무엇이든 사람을 이리 편안하게 하는 진정의 효과가 있음을 절감하기도 한다. 화자는 그 같은 개구리울음에서 자신의 이름을 부르는 어머니를 회억한다. 그 느낌만으로도 콧방울이 매콤해지는 추억의 소환이 아니던가.

미나리 살짝 삶아 고추장 양념에
어린 호박잎 데쳐 된장을 넣고
쑥갓까지 곁들인 향내가 물씬

밥물이 잦아들 때 넣어 찐 가지
밥알 묻은 채로 죽죽 찢어
양념간장에 무쳐주던 어머니

잘게 썬 부추에 버무린 양념으로 만든
오이소박이도 참으로 맛깔스러웠지

여름비 촉촉이 내리는 날
아이들과 부추전 해 먹던 기억도
이젠 모두 분가하여 살다 보니
이웃이 보내준 푸성귀로 저녁 차려
남편과 딸랑 둘이 먹는 밥상
기억 속에서 옛날의 그 맛을
꺼내 보았다

-〈밥물이 잦아들 때〉

기억 속에 김 서린 옛날의 그 맛을 꺼내 보며 "이웃이 보내준 푸성귀로 저녁 차려/남편과 딸랑 둘이 먹는 밥상"까지를 읽고 난 후의 생각은 여전히 우리는 시골 풍경과 시골 사람이 좋다는 사실이다. 작품은 시작부터 미나리 살짝 삶아 고추장 양념에 무친 나물 반찬, 거기에다 부드러운 호박잎을 따서 데친 다음 강된장에 쑥갓을 올려 쌈 싸 먹을라치면 코끝에 스미는 향긋함이 바로 자연을 배경에 둔 전원생활의 매력이라는 생각을 한다.

〈밥물이 잦아들 때〉는 밥솥에 넣어서 찐 가지를 밥

알 묻은 채 죽죽 찢어서 양념간장에 무쳐주시던 어머니의 그 짜릿한 손맛을 어찌 잊겠는가. 거기에다 부추 잘게 썰어 양념에 버무린 오이소박이는 얼마나 맛깔스러웠고. 여름날 비는 내리고 아이들을 둘러 세워 부추전 부쳐 주시던 어머니, 이제는 분가하여 저마다 따로 살림하다 보니 이웃이 보내온 푸성귀로 저녁상을 차렸다. 그리고 남편과 단둘이 식사하면서 그 옛날의 '그 맛'을 회상하는 화자에게 잦아드는 밥물에다 가지를 쪄낸 다음 밥알 묻은 채로 죽죽 찢어 나물 해 먹던 기억은 생각만으로도 그립고 간절한 시간이 아니던가.

* 그리운가 하면 간절하고 간절한가 하면 그리운 고향

〈밥물이 잦아들 때〉는 '어머니 계신 곳으로 달려가 어머니의 손맛으로 무쳐낸 나물 반찬을 차려놓고 온 집안 식구가 웃음소리 가득한 시간을 보낼 수 있다면'이 희구된 작품이다. 그러나 이는 어디까지나 상상으로 떠올린 장면일 뿐 밥물이 배어든 채 말랑하게 쪄진 어머니의 가지나물은 현실의 밥상에서는 다시 만날 수 없는, 잊히지 않는 신기루일 수밖에 없다.

병든 조개의 가슴에서 꺼내는 것이 진주라면 시인

의 고통과 노심초사에서 빚어진 한 줄기의 언어가 세상 사람들의 영혼에 불을 켜는 시작품이라고 할 수 있다. 시인은 한마디로 자기 주변의 사물들을 자신만의 운율에 얹어서 노래하는 존재다. 그리고 시인이 노래하는 대상은 두루 우주의 삼라만상이지만 이를 좁혀가면 전경옥 시인처럼 고향이나 어머니를 향한 그리움, 그리고 계절적인 것과 주변의 대소사가 시의 타자他者가 되어 선명한 모습을 드러낸다. 전경옥 시인은 자아와 세계에 분포하는 그리움을 체질처럼 노래하는 시인이다. 샐리 티스데일은 『인생의 마지막 순간에서』 이같이 말한다. "사라지기 때문에 아름답고 영원할 수 없어 고귀하다." 그렇다. 그리움이란 사라지고 영원할 수 없는 것들에 대한 원초적 그리움과 기다림의 애정 표현일 것이다.

우리 시대의 아날로그는 그 모두를 고향으로 묶어도 좋을 것이다. 누구에게나 고향의 자연은 그리운가 하면 간절하고 간절한가 하면 그립다. 고향은 나의 과거가 숨 쉬는 곳이며 인정 간의 여러 일들이 샘물처럼 찰랑대는 곳이며 이 많은 세월에 나를 성장시킨 우주 공간과의 관계이기도 하다. 그래서 살았던 장소와 잊히지 않는 시간의 뒷자리마다 유의미한 시간과 사건들이 이 오랜 세월 숨 쉬고 있다. 요컨대 사람이 태어나 성장한 곳을 고향이라 할 때 어머니 뱃속에서 태어난 것은 생물학적인 탄생이며 고향이라는 장소에서 성장한 것은 지리적인 탄생이다. 그런데 내가 태어난 시간과 장소가 동일하기에 자연과 고향은 하나가 된다. 고향은 나와 나를 상대한 사람에다 자연까지를 포함하기에 고향산천이라고 하는 것이다.

그런 의미에서 고향은 태생적 거처일 수도 있고 떠나와서 그리는 유토피아일 수도 있다. 현대인은 너나없이 실향민이다. 고향상실에 젖어 사는 현대인에게 고향은 영상이 스치듯이 이미지로 지나간다. 풍경은 그대로인데 그곳에서 살아가던 옛사람들의 모습이 마냥 그리움이 되어 지나가는 것이다. 전경옥 시인의 이번 시집『감꼭지 사랑』에서는 계절을 노래하든, 회식자리의 화기애애함을 노래하든, '부부 목'이라는 사물적 현상을 노래하든, 도시락을 건네며 따스한 체온을 나누는 모녀간의 사랑을 노래하든, '감꼭지'를 통한 유년의 사랑을 노래하든 거기에는 어김없이 자연과 고향에 대한 훼손되지 않은 그리움이 펼쳐지고 있다. 이만한 자연, 이만한 고향, 이만한 그리움이면 어디에서 무엇을 더 읽을 것인가.

인간이 자연의 일부인 것은 물론이다. 그리고 자연에서 와서 자연으로 돌아가는 것이 우리네 인생이기도 하다. 그 같은 이치를 따라 인간을 자연으로 인식하면서 자연을 찾고 자연 가운데서 인간과 고향의 본래성을 노래하는 시인이 전경옥이다. 그도 그럴 것이 그만큼 전경옥 시인의 작품들은 고향과 자연과 사람들이 한자리에서 형상되었다는 의미이며 지금 세상에서 자연과 고향이란 서로를 따뜻하게 감싸는 인정이나 너그러움 같은 것을 이르는 말인 때문이다. 고향처럼 훈훈한 세상에서 심정적 평안을 어디에서 누구와 볼 부비며 나눌 것인가. 우리는 그러한 시간의 인간적 온정을 전경옥 시인이 노래한 여러 굽이의 언어에서 만나는 것이다.

| 김종 |

- 1976년 중앙일보 신춘문예 시 당선
- 경희대학교 대학원 국어국문학과(문학박사)
- 조선대학교 인문대학 국어국문학과 교수
- 시집 『장미원』, 『그대에게 가는 연습』, 『간절한 대륙』, 『독도 우체통』 등 12권
- 저서 『전환기의 한국현대문학사』, 『삼별초, 그 황홀한 왕국을 찾아서』 (상 · 하), 『한밤의 소년』(역서) 등 11권
- 신동아미술제 대상 및 작품개인전 광주 · 서울 · 부산 · 대구 · 과천 등 14회
- 「대한민국동양서예대전」 초대작가, 한국추사서예대전 초청작가
- 제26회 추사 김정희 선생 추모 전국휘호대회 심사위원

전경옥 제2시집
감꼭지 사랑

인 쇄 | 2021년 9월 06일
발 행 | 2021년 9월 13일

지은이 | 전경옥
펴낸이 | 노용제
펴낸곳 | 정은출판
출판등록 | 2004년 10월 27일 (제301-2011-008호)
주 소 | 04558 서울시 중구 창경궁로 1길 29 (3층)
전 화 | 02-2272-9280
팩 스 | 02-2277-1350
이메일 | rossjw@hanmail.net
홈페이지 | www.je-books.com

ISBN 978-89-5824-435-6 (03810)
값 12,000